Paulina Flores

QUÉ VERGÜENZA

最后假期

[智利]保丽娜·弗洛雷斯 著 裴枫 侯健 译

人民文学出版社
PEOPLE'S LITERATURE PUBLISHING HOUSE

著作权合同登记　图字 01-2018-4237

Paulina Flores
QUÉ VERGÜENZA

图书在版编目(CIP)数据

最后假期 /（智）保丽娜・弗洛雷斯著；裴枫，侯健译. —北京：人民文学出版社，2018
（短经典）
ISBN 978-7-02-014360-3

Ⅰ. ①最…　Ⅱ. ①保…　②裴…　③侯…　Ⅲ. ①短篇小说-小说集-智利-现代　Ⅳ. ①I784.45

中国版本图书馆 CIP 数据核字(2018)第 124075 号

总 策 划　**黄育海**
责任编辑　**甘　慧　骆玉龙**
装帧设计　**张志全**

出版发行　**人民文学出版社**
社　　址　**北京市朝内大街 166 号**
邮政编码　**100705**
网　　址　**http://www.rw-cn.com**

印　　刷　**山东临沂新华印刷物流集团有限责任公司**
经　　销　**全国新华书店等**

开　　本　**890 毫米×1240 毫米　1/32**
印　　张　**7.375**
字　　数　**149 千字**
版　　次　**2018 年 8 月北京第 1 版**
印　　次　**2018 年 8 月第 1 次印刷**

书　　号　**978-7-02-014360-3**
定　　价　**39.00 元**

如有印装质量问题，请与本社图书销售中心调换。电话：010－65233595

39

SHORT CLASSICS

短经典

目 录

献给伊丽莎白

奇耻大辱

“还有多远啊？我累了。”比娅抱怨道，拖着沉重的步伐气喘吁吁。

“嘘——”姐姐西蒙娜叫她闭嘴，“你别再烦啦。”

他们在太阳比较毒辣的这侧街道已经走了一个多小时。爸爸在她们前方不远处。当他发现投射在身体前方的影子的时候已经迟了，沿着贝雅维斯塔街疾速驶过的汽车让他们过不了马路。反正现在过马路也毫无意义，没剩几步路了；他们前往的那个门牌号为奇数的地址就在太阳直射的这一侧。

“爸爸！我累了！”比娅喊道，一屁股坐在被晒热的地面上伸直双腿。爸爸似乎没听见，继续赶路。

“爸爸！”她更用力地喊了一声，他终于回转身来，一言不发地用无奈的双臂抱起她扛着继续走。比娅从爸爸的背后探出脑袋，像一只正在登台的木偶。她紧紧地搂着爸爸的脖子，露出胜利的微笑。西蒙娜挑了挑眉头，气恼地看着妹妹，想让妹妹知道年纪小真是麻烦。但同时，这也无可避免地让她感到一丝苦涩。

她也累，可她已经过了让爸爸背着走的年纪。

这是一九九六年。两个女孩分别是九岁和六岁，她们的爸爸二十九岁，失业。

西蒙娜不得不加快脚步赶上爸爸，因为他的步子迈得更大更快了。只见他咬紧牙关，神情严肃，至少从她能够看到的角度来看是如此。西蒙娜想，他紧张呢。当然，见到爸爸这么紧张，西蒙娜并没有像往常那样难过，反而胸中充满了自豪感。这意味着爸爸非常重视此刻正在进行的事情，而此刻正在进行和即将发生的事情都是她的主意。她把手伸进裙子的口袋，握紧广告和地图，仿佛握住了一张中奖的彩票。

西蒙娜的自豪感还来自于满足感，她很得意自己真正明白爸爸的感受，不像年幼的妹妹净会制造各种麻烦。因为那几天晚上都是她耳朵贴着墙偷听父母的争吵，第二天早上再起床翻开字典查找他们用来相互指责但她又听不懂的生词。她甚至还查了一些以前虽然听到过、但在她看来与爸爸根本不相干的词语：失败、懦弱、自私。

西蒙娜很伤心，但同时她又乐于感受到自己也被卷入了成年人郑重其事的冲突。这是长女这个身份给她带来的一种责任。

自从放暑假以来，每个上午都是这样令人疲惫的长途跋涉：市中心、普罗维登西亚、拉斯孔德斯；通常都是这种干净、漂亮、现代的地方，离他们住的社区却很远。爸爸已经失业了好长一段时间，但女儿们一放假在家，他便不得不带着她们一起出去分发简历或参加面试。妈妈说她们不能独自在家留守。她的原话是“丢”，“你不能把她们丢在家里”。

一开始他很恼火。妻子是在报复他，她明明可以多花点工夫找个闲在家的邻居老太照看她俩。后来他又觉得其实妻子这个主意也不赖，没准也能给他带来点好处。要是人家看到他带着两个小女孩来面试，说不定出于同情就把职位给他了。

“你们要记得想点悲伤的事情。”走进办公室之前他总会这样叮嘱女儿们。

“比如你和妈妈死了？”爸爸第一次提出的时候，比娅疑惑地问，泪水立马夺眶而出。

“不不，不是那种，没有那么悲伤，”爸爸纠正她，“我的意思是，你们等我的时候别笑，别玩，也别开玩笑。我要你们装得很难过，就像电视里的演员那样装出来的悲伤。之后我会带你们去吃薯条，等只有我们仨的时候我们再笑。”

一听到“薯条”，比娅松了口气，眉开眼笑。但后来只剩姐妹俩时，她又一次泪眼汪汪，因为西蒙娜对她说：“你知道我想装难过时想的是什么吗？我想着爸爸妈妈要分开了。”

西蒙娜昂起头直视太阳。她曾多次被提醒不能这样，但此刻的她自信满满，觉得自己完全承受得了阳光，因为这个上午非同一般。今天上午他们会成功，为了今天上午，过去所有的努力和失败都是值得的。是她策划了这一切，她终于帮上了忙。

她早就开始试着帮忙。每天下午，她挨着爸爸坐在厨房的桌旁，自个儿负责一堆报纸，不放过任何一则招聘广告。她先用荧光笔画出广告来，仔细地剪下贴在一张白纸上，然后把贴满广告的白纸夹在一个名为“给爸爸的分类广告”的文件夹里，当天晚上再以对待这件事应有的庄重把文件夹交给他。

激励西蒙娜如此积极卖力的原因并不是她希望爸爸找到工作，也不是她想终结父母之间的争吵或是经济上的困窘。她真正渴望看到的是爸爸能回到从前。

起初，当得知爸爸被开除的消息时，她难以抑制地感到心满意足。她没有跟任何人吐露心声，但其实暗自窃喜。终于可以享受一整天爸爸都在身边的时光了！每天如此！而且恰好还是假期，简直美好得像一场梦。没有什么能干涉他们之间的嬉戏：无论是让他晚上疲惫不堪回到家的工作，还是妈妈。

因为妈妈似乎是他们之间最大的障碍。妈妈从不让她和爸爸在一起，而是占据和掌控她们生活中的方方面面；不光是她的，还有妹妹的生活。她给她们端饭菜，送她们上学、参加生日会，带她们买衣服。即便是爸爸下班回家了，她依然揽下所有的事情：检查作业和书包、洗完澡替她们吹头发、监督她们好好刷牙、给她们盖被子熄灯。一道完晚安爸爸就立马起身去锁家门。星期天又如何呢？好不容易能享受和爸爸的亲子时光了，妈妈却斥责他拦着他："亚历桑德罗，你别烦她。"爸爸向她冲过来准备开始挠痒痒大战的时候，妈妈又在一旁嘀咕："她还是个孩子！"午饭时也是这样，爸爸刚准备讲"先吃完的帮帮同伴"的笑话①，妈妈就说："你让她们安静吃饭。"西蒙娜并不想安静吃饭，也不想妈妈这样维护她。她知道那些都是玩笑，她喜欢这种玩笑。可是妈妈不懂，还跟朋友抱怨说"像是多了个儿子"或是"他总让

① 饭桌上熟人之间经常开的玩笑，即先吃完的人可以享用其他人的盘中餐。

我当恶人”。

然而，爸爸失业后，情况却更糟了。这时西蒙娜发现挡在她和他之间的墙变得更高了。

第一天，她起得特别早，急切地盼着跑到爸爸床上纵情嬉戏。她跑去他的房间，转动门把手却发现房门锁着。她轻轻地敲了几下，但门直到午饭时才打开。爸爸终于出现了，却脸色阴沉，还抱怨妻子什么吃的都没给他留。做了一坨黏糊糊的面条和半生不熟的热狗之后，爸爸对她和妹妹说，从现在起她们必须自己铺床，分担家里的清洁任务。说完又把自己关在房间里，没有一句玩笑和挠痒痒。只有上厕所时他才走出房间，面容邋遢，越来越病恹恹。无论她们做什么都会惹他不快，包括一些以前他从来不反感的事情，比如唱最爱的电影《小美人鱼》里的歌曲。过去他们经常一起唱电影里的歌，还背诵其中的对白。《不幸的可怜灵魂》是她最喜爱也最拿手的曲目。

“我们的约定是，”爸爸模仿巫婆乌苏拉不怀好意的嗓音，“我会配制一种神奇的药水让你当三天人类。三天！第三天太阳落山之前，你必须成功地让王子爱上你，也就是说，他必须吻你。不能是什么随随便便的吻，必须是真爱之吻！”念到最后这句对白时爸爸总是格外开心，她也一样。

“如果我变成了人，”西蒙娜学着天真犹豫的爱丽儿回答道，“我就再也见不到爸爸和姐姐们了。”

“确实……可是……你能得到心爱的男子。生活中的抉择都是很艰难的，你不觉得吗？爱丽儿？”

西蒙娜确信爸爸是爱她的，但直觉告诉她有样东西让他孤独，即使她付出了所有的爱也帮不了他，甚至反而弄巧成拙。她的爱似乎莫名地令爸爸变得软弱，令他越发孤独。她相信这种孤独感与有次吵架时妈妈提到的一个词有关，事后她查过字典，这个词叫作“丢人现眼”。

于是，几天前的那个下午她看到“选角”的广告时，仿佛看到了天降奇迹。她怎么一直都没发现呢？这么明显的事情她怎么就没想到？她一直寻找招聘教师、面包师、助手、保安、销售员、司机和更多的保安广告，却没有察觉这些职位让爸爸感到多么别扭。

她一边走一边掏出口袋里的剪报又看了一遍：

> **海选：**某广告公司寻找各年龄段的男性女性为国际知名品牌进行宣传活动，有意者请于周一至周三前往贝雅维斯塔街0550号①……

西蒙娜爱看电视，尤其关注广告，因为妹妹向来都看不懂，总求她讲给她听。

有数不清的理由可以证明爸爸一定会从“海选”中脱颖而出，但其中有两个特别的原因。第一个也是最明显的理由便是：出现在广告镜头中的人长得比爸爸差远了。说只差一点算是客气了，因为爸爸实在是俊美不凡！他完全可以和路易斯·马吉

---

① 原文如此。前文“门牌号为奇数的地址”一处并非错译。

尔[①]——地球上最英俊的男子媲美。她跟所有的人都说："我爸爸比路易斯·马吉尔好看一倍。"爸爸也知道这一点，他似乎很喜欢这个评价，因为他常常模仿马吉尔高傲性感的姿态和动作跳着舞对她唱《或许你不爱我》。他侧着身子，捋着头发，跺一脚之后转一圈，扭着腰小步跳跃前进，而西蒙娜则扮演伴唱："雨水，海滩，你爱。"

第二个理由则是爸爸具备表演必需的理想才能。至少妈妈经常这么说："纯粹的亚利桑德罗已经迷失了。他本该学点表演或者类似的东西，彻底磨灭他原本的性情。"西蒙娜能捕捉到妈妈这番评价背后的嘲讽。这不仅是因为妈妈总把爸爸的江郎才尽当作笑话、而不是严肃和遗憾的事情看待，也是因为她知道在妈妈看来当演员是怎么回事——并不意味着什么好事：外向、惹眼、"花瓶"。在妈妈的多番严厉训斥之下，西蒙娜最终学到了教训：外向是一种缺陷，是她身上与生俱来的一个错误，就像从人类最初叛逆的那对父母那儿遗传而来的原罪，但全无补救的可能。作为一个招人关注的女孩，她觉得自己渺小卑微。因此她努力模仿沉默神秘的妹妹，感情淡漠，任由他人给自己多少爱，不会恬不知耻地求别人爱自己。比娅具备更为得体的性格。然而对于西蒙娜来说她做不到向比娅学习，她始终忍不住要做自己。背负着这样的批判非常痛苦，但此时此刻走在爸爸身边，这种负担却成了令她骄傲喜悦的东西。因为这是她和他——她的爸爸身上共有

① 路易斯·马吉尔（1970—　），墨西哥歌手，曾获7项格莱美大奖，是拉丁歌手中得奖最早也是最多的一位歌手，是20世纪80年代众所周知的超级明星。

的东西。这令他们靠近彼此，足以摧毁任何横亘在他们之间的障碍。

“我们到了。”西蒙娜郑重其事地说，并对眼前庞大的建筑肃然起敬。

“终于啊！”比娅在爸爸怀里欢呼。他舒了口气，把小女儿放在地上，问西蒙娜要地图。他有点胆怯地查了一遍地图，尔后更加疑惑地打量这座房子。这是一座三层楼高的旧房子，有着老式建筑特有的灰暗和冷清，但外墙却涂了一层现代化的绿色，显得很不协调。这种外表令人生疑。

西蒙娜察觉到了爸爸眼中的犹豫。她费了九牛二虎之力才说服他来参加海选，绝不能让他在最后一刻打退堂鼓。她抓起他的手拽着他说：“我们进去吧，进去吧！人家正在等我们呢！人家等着我们呢！”

“你确定是这儿吗？连张海报都没有。制片方叫什么？”

“那是因为他们怕被打扰，”西蒙娜快速回应，“要是人们知道这里在选角，你能想象会有多少人跑来吗？”她用力地拉爸爸的手，几乎用哀求的语气坚持：“我们进去吧！”

“对啊，我们进去吧，爸爸，这里太热了。”比娅的语气比姐姐平和一些，像是恳求爸爸下决心。

“好吧，”爸爸说，“我们既然来了，还能有什么损失呢？”他按下对讲机的门铃，对方没有问“您是谁？”“您有什么事”，就打开了门。

屋子里的阴暗令在阳光下走了数小时的父亲眼前一黑，晕头转向。待能看清楚之后，他立刻发现这座房子的内部同样可疑。

室内原先的结构显然经过了改造。原本必定是客厅入口的地方竖着一堵墙，或者说是一层薄薄的隔断，从而隔成了多间办公室。站在这么一间昏暗狭小改造而成的门厅，唯一的出路只有一条陡直的楼梯，父亲感到不安。灰色的石块地面似乎是从改造中幸存下来的唯一的元素。更糟糕的是这里很安静，太静了，不像是有人上班的地方。站在女儿们身边的他仿佛被困住了，被大门和楼梯夹在中间，没有人来迎接他们抑或是询问他们有何贵干。

父亲把两个女儿抱上头几级台阶，蹲在她们跟前。他深深吸了口气，抬头望着她们。两个孩子都对他微笑，他立马挪开视线。“可怜的孩子。”他想。他向来承受不了孩子们的注视，因此才会像妻子说的那样扮小丑。最近这段被迫和她们共处的日子实在是让他不堪重负。她们永远在那儿，在家里四处晃悠，等着他，向他提要求，指望着他。无论他做什么都不会令她们失望，但他却连她们的目光都无法承受，因而躲在房间里。其实他根本分不清姐妹俩：谁是在学校里好学的那个？哪一个不喜欢沙拉？哪一个讨厌洗澡？谁是怕黑的那个？睡前躺床上时妻子总聊起她们，但他压根记不住。他当上爸爸的时候很年轻，太年轻了，既不心甘情愿又毫无防备。对此他的反应是顺其自然。他做了他该做的：直面事实，暂时忘却自己，将自己的计划与蓝图像啃了一半的苹果一般抛在一旁，埋头工作。他将一个年轻人所有的精力都投入到工作中，不做太多自省。假如他将时间投入到自己的理想中，生活将会如何？和现在的他之间有多大差距？这个未知数也被他放在了一边。他永远无法得知假如自己征服了这个世界，生活将是怎样。

的确，刚开始最重要的是家里的日子能过下去；但他也知道孩子们成长的过程中，他一直躲躲藏藏，唯一的贡献仅仅是周一到周六那份榨干他的工作。可现在连物质贡献都没了，他感到自己一无是处，饱受排挤。妻子比他好得多，她斥责自己缺乏主动性其实并没有说错。她厌倦了这种包揽一切的生活也是无可厚非。于是他只会跟孩子们开玩笑，给她们讲笑话。他想不出来自己还有什么选择，除了“扮演”一个玩伴，那种你在公园里奇妙地偶遇、但也不知道次日下午是否还会再见的玩伴。

“爸爸看起来怎么样？不会太正式吧？”他摸摸领带问女儿们。今天他穿着面试专用的蓝西装、白衬衣和咖啡色领带。他觉得自己快窒息了，恨不得拔腿就跑。每每站在办公室里他总想逃。

西蒙娜用大拇指轻抚他的眉毛；每当妈妈安抚她们的时候都会这么做。

“你好看着呢。”她热情洋溢地脱口而出，说完脸就红了。

“我的小可爱。”爸爸伸手揉乱她的头发说道。

他站起身，开始爬楼梯。楼梯尽头有另一扇门等着他们。

“那我看起来怎么样？”比娅问道。

“你不重要，”西蒙娜答道，“重要的是爸爸。”

他们按响了第二只门铃。等了几秒，一个男人出现了，请他们进屋，态度热情客气得过了头。

西蒙娜好奇地打量他。这个男人也长得很好看，但他的好看又和爸爸不一样。他发色偏深，胡子稀疏，戴着耳环。

“来参加海选吗？”男人问爸爸。

他支支吾吾地说是。

“请进，请进。”男人领他们走向自己的办公桌。

这个地方也吸引了西蒙娜的注意。这里没有通向不同办公室的许多扇门，也没有秘书，只是旧房子里一间再普通不过的房间，宽敞开阔，天花板也高挑。写字台后面挂着一块白布，摆着三脚架、相机和聚光灯。这个地方和她之前去过的公司没有丝毫相似之处，但这应该是好事。

男人在一张白色真皮办公椅上坐下，父女三人则坐在现代化但不舒服的塑料椅子上。男人合起手掌仿佛祈祷，然后开始说道：

“那我给您讲一下是怎么回事……”他谈起了这家广告公司的历史和名气。他说，他们也跟其他广告公司合作，负责的都是重要品牌的业务；现在需要某则特定广告的人选，但一直都在寻找新面孔。他侃侃而谈，流畅自然又令人信服。他说了一大堆，亚历桑德罗没怎么听懂，但依然点头假装明白。

男人停下来微微一笑，语气由激昂转为谨慎，接着说道：“现在我们需要收集应征者的照片交给品牌商过目，最终拍板的还是他们。”说罢，他耸了耸肩，朝他们摊开双手，仿佛证明他的手干干净净，只能任凭水从上面流过，无法出手干预。他接着说：“我们需要的照片是用来放在一个叫‘影集’的东西里的。所有干这行的应该都有这么一本影集，如果没有的话，我们就替他拍一本。摄影服务自然得收取一定费用：一万五千比索，也可以去别的工作室拍摄。”他顿了顿，又举起手掌：“当然啦，考虑到通常最后我们会跟拍摄对象一起工作，我们的价格也会比其他地方合理得多。”男人微笑着等爸爸开口，见他始终不表态，又追问：“您意下如何？”

“好的，好的，一切好说，没有问题。我们就拍这个影集吧……其实我是有点紧张，我还没有过这种经历……”爸爸正解释着，门铃突然响了。说起来这还真是父女三人进门之后听到的第一个声响。

“失陪一下。”男人微笑着说。他站起身，朝门口走去。门稍微开了一条缝，只听见一个女人窃窃私语——他们没有回头看来者何人，男人也小声地回答她。然后门又关上了。

“当然，当然，”他边走回写字台边继续说，“看得出来这是头一遭。不过您不用担心，您的女儿非常漂亮，品牌商们会中意她们的。她们的神情正是我们想要的。”

“我的女儿？”父亲问。

“对啊，您应该不是第一次听人这么赞美她们了吧。”

西蒙娜转过头看向爸爸，咬了咬舌头。她似乎看到爸爸往椅子里下陷了几公分，涨红了脸，惊讶得合不拢嘴。只见他眯起双眼，仿佛想努力聚焦看清眼前。爸爸同她一样吃惊，而且是掺杂着苦楚的吃惊。西蒙娜感到自己的心都揪起来了，身处的这间屋子也开始收缩起来，就像印第安纳·琼斯系列电影里的那些刑房，插满刀的墙壁气势汹汹地往中间靠拢，禁锢影片的主角们。

“真漂亮，太招人喜欢了。瞧这小姑娘的笑容。”男人盯着比娅称赞道，面对这样的恭维，比娅洋洋自得地露出了微笑。“我敢打赌这笑容是从妈妈那儿遗传来的吧。”

“我的女儿。”爸爸还在自顾自地重复着这句话，声音微弱到几乎听不见。

“对，您的女儿，”男人疑惑地说，心想可能提起孩子的母亲是个错误，“好吧，无论这一基因来自哪一方，总之是了不起的美好基因。”他加上这句话试图挽回局面。

“是啊，我的女儿们很漂亮。”爸爸竭力掩饰他的讶异并附和道。他的语气带着亲昵，却不够自豪。

“那我们先拍谁呢？这个小女孩似乎想做第一个。”

“行，听您的。她先来吧……不过……您知道吧……”爸爸顿了顿，挤出一丝笑容，“我身上没带现金，我得去找取款机取钱。取完钱我们再回来拍照。”

“如果你同意的话，可以把孩子们留在这儿。我们边拍照边等你取钱回来。”

“不不不，我不能把她们单独留下，您懂的，她们的妈妈会宰了我，”他笨拙地笑了笑辩解道，“不过我们去去就回。”

男人叹了口气，嘴撇向一边。

“我懂。”他烦躁地说。又是一次浪费时间。他站起身，爸爸和西蒙娜也立刻跟着他站起来，比娅微笑着继续坐着，卷自己的裙边玩。男人大步流星地走到门边，给他们指了返回大街的那条再好认不过的路。他没说拐角的加油站里就有取款机，因为他很清楚他们不会回来了。

门关上后，父女三人默默无语地走下楼梯。西蒙娜紧紧咬着嘴唇，胃里像打了结一般难受；她感到自己身体虚弱，随时都会从楼梯上摔下去。她没有地方可抓，因为楼梯没有扶手，而爸爸走在了靠墙的那一侧，几乎是贴着墙壁走。他似乎也不由自主要摔下楼梯，但他的脚步并不摇晃。他的步子很坚定，或者说至少步伐的沉重与那股猛劲能让人联想到坚定。他凝视着地面，双拳紧握，舌头舔着嘴唇，她甚至能看到一条细细的唾液从一边滚到另一边。她想跟爸爸说话，但她不敢。她能感觉到他的怒火，因为他不再紧张或僵硬，他体内有样东西释放了出来，但并不是好东西，对她来说不是。爸爸怒火中烧。她几乎能听得到爸爸心脏的跳动声。她本能地望向爸爸的皮带，但并没有心生恐惧，反而更觉悲哀，因为皮带已经破旧不堪。她尝试去握爸爸的手，但他越走越快越发追不上。不，他不会看她一眼，也不会让她握手。这令她无法承受，脚下的楼梯似乎永无止境。

亚历桑德罗走到一楼，猛地打开门，这让西蒙娜想起了他把自己关进房间时传来的重重的甩门声，于是她跑下楼梯走出大楼。她要跟在他身边，她不能再一次被晾在“外面”。

走到街上，迎面而来的阳光刺痛了她的眼睛，她几乎看不清爸爸背光的身影。

“你现在也和妈妈一样有银行卡了吗?”终于跨过大门追上来的比娅问道。爸爸头也不抬，开始自顾自地在口袋里翻找东西。

“爸爸!”比娅突然喊，每当她为了某件大事感到紧张时，都会站在窗边这样大喊大叫，比如：圣诞节！生日！此刻她也感受到了气氛的紧张，希望它赶快过去。

“太蠢了!”爸爸双手捧着脑袋脱口而出。“奇耻大辱!”他的怒火彻底爆发了，“简直是奇耻大辱!”他又说了一遍，将脸转向西蒙娜。爸爸直视她那双和他一样的赤褐色眼睛，她始终与他对视，最终从他眼中看到了冷落。“太傻了！真是太蠢了！简直丢人现眼！”

他转过身去，嘴里嘀咕着继续赶路。

西蒙娜愣在原地，泪水夺眶而出。她的身体微微发颤，她的整个世界都塌下来了，而她无法凭借一己之力扛着它前行。因为她孤身一人。她错了，她犯了一个严重的错误，她令爸爸蒙羞，爸爸再也不会原谅她，永远不会。他们再也没机会一起唱歌，他再也不会挠她痒痒对她突袭。她告诉自己是她毁了这一切；正当她感到全世界的忧伤都朝自己袭来时，妹妹的圆脸出现在她面前。妹妹睁大双眼，既迷茫又害怕。于是西蒙娜仔细打量妹妹，她还是第一次这么认真地打量妹妹。她为妹妹感到悲哀，甚至比可怜自己更可怜她。她知道妹妹还不懂究竟发生了什么，但她懂。今天下午没有薯条了，这对妹妹来说就够悲伤了，这就是一切。她坚定地握起妹妹的手，跟上爸爸急匆匆的脚步，沿着贝雅维斯塔街而下，开始走上回家的路。

特蕾莎

见到他时，她正从图书馆走出来。她见过他几次，确切地说是三次，每次都是类似的场合。他骑一辆橙色的自行车，车后架上站着一位小女孩，顶多六岁，搂着他的脖子维持平衡。她猜想那肯定是他的女儿。他和她的眼神交会了几秒，既好奇又傲慢，然后她继续做自己本来准备做的事——坐在台阶上点一支烟。通常到了这个时间点她都会抽支烟，每隔一个小时理一理思绪。女孩也做自己的事。她从自行车上下来，落地的时候鞋子扬起了一点尘土；她身穿一条白色连衣裙，外表邋遢懒散。见女孩这样下地，她明白了女孩的这副外表从何而来。男人从坐垫上下来，但依然站立着扶住自行车，脚上的阿迪达斯分别踩在车身两侧。他一只手握住车把手，腾出来的那只胳膊给女孩指了条路，一条通向图书馆内的看不见的路线。图书馆的外墙是玻璃的，洗手间的位置一目了然。成年人能看见，她透过烟圈窥探着这一幕心想。女孩看着爸爸的手，顺着往前走。她想，这是女孩唯一能做的：观察自己的父亲，注视他迷人的双眼，遵照他的指令行事。女孩从台阶上与她擦肩而过，离她只有几公分；她身穿邋遢的白裙子，披散着凌乱的长发，却美得那么耀眼。她一蹦一跳地经过，举止活泼又惹人注目，每走一步都像在嬉戏。

她转过身目送女孩走进图书馆，看着她沿着爸爸勾勒出来的路线往里走。那肯定是她爸爸，可是什么样的父亲会打发六岁的女儿独自去厕所呢？接着她又将视线落到终于离开自行车旁的男人身上。他放下自行车的脚撑，确保它停稳当了，然后坐在了四分之三个圆形的台阶形成的阶梯上与她呈对角线的位置。

他穿着白色短袖T恤和灰色紧身牛仔裤，三十来岁，身形瘦削，个子不高，皮肤黝黑，眼眸明亮，刘海朝后梳，胡子精心打理成随意自然的样子。坐下后，他大大咧咧地岔开双腿，身体前倾，握紧拳头，后背微微拱起。她穿着蓝色连衣裙，后背也习惯性地微微弯曲。她告诉自己男人们肯定会注意到这些细节。她直勾勾地盯着他的双眼，他先是迎上她的眼神，一秒钟后又移开了视线。他当然很英俊，而且他肯定知道这一点，因而移开了视线；她想，除此之外，他还是一个等着女儿随时从厕所里出来的男人。

她依旧盯着他看，显得有些不害臊，但又很坦荡。因为她不会越过这一步，她只是把它当成一场游戏，一场水枪决斗；她不会倾注一丝一毫，只是将没有装信息的空瓶丢进大海里而已。她愈加装腔作势地抽着烟，像电影里的乡巴佬一样，用大拇指和食指捏着烟。趁她点烟的工夫，他回看了她几眼，正经得好似被冒犯了一般。

这根烟抽了三分钟左右才熄灭。

她把烟在水泥地上掐灭，捏着烟蒂，小心翼翼地站起身来免得裙子走光。此时她又回到了那个永恒的抉择：为什么要选一条这么短的裙子？她想证明什么？很快，她又告诉自己这是她的权利，即便是露出双腿也不会有损她的身份，这是女性独立和自由的标志。是她的自由！她瞟了那个男人最后一眼，他自然是没有回应。她转身朝大门走去，从玻璃的倒影中看到男子正目视着她离开。

她想，好吧，一切到此为止。信息、成千上万的瓶子漂浮着。这种经历司空见惯，却又总是变化多端，回回都令人心潮澎湃，算得上一段没有风险的小小奇遇，就像透过舷窗欣赏汪洋大海。

穿过这道门，这个男人就和她即将丢在洗手间的烟蒂一样，一并成为历史。洗手间。女孩。她太……不同寻常了。不知她怎么样了？

她边走边想，如果是自己的爸爸让她独自上厕所，她准跑了。

这样爸爸会受到一点小小的惊吓。换作是她一定会这么做。

她想起年幼时在超市和父母走散的那次。她一直在乳制品货架之间的过道里来回转悠，直到一位保安问她是不是走失了。她点了点头，于是保安把她领到服务台，交给了一位梳着辫子、刘海上了厚厚一层发蜡的女人。最后她开始广播寻人。

你找爸爸妈妈吗？女人把麦克风凑近嘴边问她。

不知为何女人没有问父母的名字，而是问她叫什么。

你叫什么？

特蕾莎。她思考了片刻答道。这是她最好的朋友的名字。

留着刘海的女人打开麦克风，用机械死板的声音播报：走失的特蕾莎正在服务台等候。

谁会怀疑一个孩子呢？谁会质疑他们行为背后的目的呢？他们行为背后真的有什么目的吗？

没有。孩子们都是率性而为，言听计从；他们会沿着父亲用手画出的那条看不见的路线行走，追随他迷人的双眼。

于是，过了半小时仍然没有人来找她，找“特蕾莎”。他们把她安置在服务台的柜台旁，还给了她一些印章和一张白纸来打发时间。她旋转印章上的胶条，刻下了许多生日，有自己的、爸爸的、妈妈的、奶奶的、最好的朋友的。最后，她署上名，仿佛是在遗嘱上签字；因为她总想着这东西，想着自己的遗嘱。

爸爸妈妈推着装满袋子的购物车经过服务台时看见了她。

克劳蒂娅！两人异口同声喊道。见她安安稳稳地待在服务台的柜台旁，他们大吃一惊。

留着刘海的女人目瞪口呆地望着她，她垂下脑袋。

误会就这样随着女人尴尬的笑容和父母微笑着摇头而消除了。大家都乐呵呵的，仿佛这只是《小鬼当家》[①]中的场景。没有人要求解释来龙去脉，没有人怀疑他们是否真的是克劳蒂娅的父母，也没有人怀疑她是否真的是克劳蒂娅而不是特蕾莎。

孩子们虽然不会撒谎，但人们相信的还是大人们。

---

① 《小鬼当家》是20世纪福克斯公司出品的系列家庭喜剧，主要讲述一位被父母不小心独自留在家的男孩如何智斗乘虚而入的笨贼的故事。

永远都是大人们说了算。

等她回忆完这段往事，烟蒂已经扔掉了，她正在镜子前洗手。

离开洗手间时，她又一次想，换了我就会这么做；于是她立刻用眼光搜寻小女孩的身影。

她在那儿，站在一个保安身边，不顾他的劝阻试图从图书馆的另一扇门出去。她迷路了。

她笑了，朝女孩走去。

她对女孩说，你得从另一扇门出去。女孩迅速地扫了她一眼，又重新盯着错误的出口。保安似乎因她的介入而愈加不明就里。走另一扇门去哪儿？她跟你是一起的吗？

她俩都没有回答他的疑问，而是径直走开。

你爸爸在那儿，看到了吗？她也用手臂画出一条隐形的路线，好似鱼雷在海中划过时的尾流。

女孩不做声也不走动，而是用扑朔迷离而又摄人魂魄的眼神望着她。

你爸爸在那儿。他是你爸爸吧？

他们之间相隔不超过二十米。透过玻璃能清晰地看见那位英俊且自知的男子。他就坐在那儿，连三岁的孩子都应该知道怎么回到他身边，可女孩的眼神如盲人一般空洞。

克劳蒂娅不自在地转过身去看了看保安。她试着用滑稽夸张的动作吸引父亲的注意力，可他根本不朝里看。看来他正和自己的双拳以及手中流逝的时间玩得忘乎所以。该怎么办呢？这个男人已经成为过客，她不能再次走出去，不能回头，而且还带着这个女孩！她朝着自己的食指方才所指的方向迈了几步，女孩顺势牵起了她的另一只手。

好吧，事情就要这样发展下去了。

她朝着刚刚手指的出口走去，男人终于透过玻璃看见了她俩。

他瞪大眼睛立刻站了起来。

扮演了一回超级英雄后，她的背弯得更厉害了。然而一走到布斯达曼代公园，她便立即挺直腰杆，免得他以为自己疯狂到为了多看他一眼而拐走他女儿的地步。她回来不是为了他，而是为了女孩。

你又迷路了？走到他身边时他略带潇洒地问道。这时他已经坐下了。

她迷路了。这句多余的解释让她觉得自己很傻，不过还是接着说，她想从另一扇门出来。

他微微一笑，说了句谢谢。

她对他回以微笑。

女孩松开了她的手，这让她难过地在原地呆立几秒，这几秒似乎特别漫长。再来支烟能有用吗？

谢谢。他又说了一遍，女孩正往他臂弯里钻。

她紧闭双唇表示默认。

你想转转吗？他很自然地发出邀请。

她看了看女孩，女孩抬头望着右上角的天空，目光始终不知飘向何处。

我的东西还在上面。她答道。

去拿一下吧，他抚摸着女儿的头发说道，我们等你。望着他的眼睛，她瞬间忘却了自我；这与先前那么多次的经历如出一辙。现在几点？她有什么事要忙吗？什么都无所谓，如果有必要，她甚至能在他的手中翩翩起舞。

当然可以，我去去就回。

她把书和笔记本收进背包，和那位经常坐在她旁边的音乐家告别。

没有灵感吗？他问道，很诧异她这么快就走了。

没有，她说，我努力了，但就是找不到。两个人都笑了，她感觉自己脸红了。

出来时，等候她的男人已经骑在自行车上，女孩站在车后架，双手搭着他的肩膀，坦荡惬意地晃着肚子，如同那些生来就因为有曲线而拥有性感美的植物的枝干。

他们在公园里走了几圈。青年人中有些在散步，有些在遛狗或遛孩子；学生们在草坪上喝酒抽烟，小孩子在做游戏，老年人在市立公共健身器材上锻炼身体。多么生机勃勃！想到这里她有些怀旧，甚至变得过于严肃。她也曾扮演过这其中的某个角色，她正处于那个已经做过一件又一件事的年纪。

女孩在后座坐下，头枕着坐垫。男人从侧面推着自行车，克劳蒂娅一言不发走在他身边。她想了解更多，想问女孩是不是他女儿，可又没这个胆子。她紧张而卑微地走着，甚至无法稍稍偏过头去寻找他俩五官或神情的相似之处，好像他俩耀眼得令人无法直视似的。同时，她又感到自己越过了那条界线，最终她还是遵照抛入大海的信息行事。有个男人曾对她说过这样一句话："你浪费了你的冲动，欲望是稍纵即逝的。"她觉得这句话非常矫揉造作，于是对他说问题在于她从来不会完全满足。欲望。不过，她这么说是为了把他从身上赶下来，因为她没有把握和他风流是不是足够安全。或许这次她能再往下走一步。她开始想象接下来发生的事，设想他的表现将会如何。这时他的声音中断了她的思绪。

你的名字是……？

特蕾莎。她淡淡地回答，不看他一眼，说完继续沉默。

我叫布鲁诺。他用嘲讽的口吻说，透露出自己对于她心里藏着的一切都了然于胸的意思。

一条黑狗跑过来冲着她叫。冲着她，而不像常见的情况下冲着车轮叫。狗在她身后一段距离跟着她，厌恶又无畏地狂吼。

她想，狗爱对着鬼和贼叫唤，她是哪一种呢？

特蕾莎，狗为什么冲你吼？

它们知道我在动歪脑筋。

的确，我忘了狗会这样。

它们自己都有点忘了。

现在的狗和过去不一样了，他说。于是克劳蒂娅终于敢看他的眼睛，那双湛蓝而闪耀的眼睛。

那条狗在一群互相闻来闻去的流浪狗群旁停下，远远地冲着她吼了最后一次。克劳蒂娅掏出一支烟，将打开的烟盒递给他。

我不在她面前抽烟。

当然。

你愿不愿意和我们一起吃点心？我住的地方拐个弯儿就到了。他继续用不容分说的口吻说话，但又不是处心积虑。要是他的提议真是早有预谋，她肯定转身就走。

当然。

你住哪儿？

不近。

当然。你在图书馆干什么？

没干什么。

当然。

我看书。

什么书？

《民法》。大家都在那间图书馆里看这本书，这回答听起来很真实。

当然。

他们走到一栋旧大楼的门前时，布鲁诺说，这段路会更难走。他皱起眉头，单手扛起自行车说，因为得上四楼。

她思忖，别的不说，他带着自行车干什么？再者，既然他们住得这么近，为什么要去图书馆的洗手间，而不是直接回家呢？难道这算他们的散步？

楼梯上方，摩纳克牌袜子的广告非常显眼。那是一块腿肚子状的霓虹灯招牌。少女时代，每当她跟着妈妈坐迷你巴士出远门时，看到这个广告牌她便知道已经离家很远。此刻再见到它，她的内心充满了一种算得上喜悦的情绪。她不记得长大后几岁时才发现那个广告牌其实就在圣地亚哥城的中心，离她家其实近到可笑而安全的地步。

女孩扶着自行车，男人从紧身牛仔裤的口袋里找出钥匙打开了第一扇门。后边还有两道门，每一道门旁都贴着一张告示，上面写着“外出请关门。预防犯罪靠住户。”她心想，真是一条小题大做的右派标语。

这里的地面和楼梯铺着绿色大理石，缝隙间镶嵌着金属线条，这恐怕算是整栋楼里保养得最好的部分了。其余就只剩漆黑的过道、肮脏的墙壁、可疑的房门和破碎的玻璃。

女孩拿着钥匙第一个上楼，布鲁诺将自行车扛在肩膀上紧随其后，最后是克劳蒂娅，她边走边躲避自行车的后轮，免得撞到自己。踏上最后一级台阶后，只见K号公寓的户门敞着。她迟疑了一会儿，手伸到嘴边开始咬手指。现在转身离开还来得及。

进来吧。他在公寓里喊道。

她做了这种情况下她通常做的事——听从十五岁时在一张日报上看到的星座运程忠告：“心怀信仰冲向虚无。”于是她向前迈出一步。

你的背包就放那儿吧。布鲁诺又在另一个房间喊道。

她把包放在站立的地方。放在哪里其实无所谓，鉴于这间公寓如此装饰——零装饰。除了一张折叠桌、几块塑料地垫、一面镜子和两张搁在地垫上的方形羊毛垫子，公寓里什么都没有。没有任何照片、画像、装饰品或者垃圾。真是令人不解，一个外表看起来如此讲究的男子怎么会住在一间空荡荡的屋子里。这令她既好奇又疑惑。她盘算着他究竟是何方神圣，这两个人究竟是谁。

公寓的墙很高，安装着圆弧形的踢脚线。客厅唯一的一扇窗在左边墙上，朝着大楼的内庭。厅里光线不足，窗外唯一的风景只有对面邻居晾在阳台上的衣物和毛巾。垫子上方的墙面上刻着一些数字，似乎是电话号码。镶木地板上的划痕表明有人曾在这里拖动过家具。

有一瞬间，她似乎听见布鲁诺喊了句他们刚刚搬家。然而这并不是她在寻找的答案，也不能解释这间公寓为何谜一般地不靠谱。尽管这个地方欠缺表现力，也没有任何物品能透露出有关曾在此生活过的人物的线索，却依然让人感觉他俩在这里住了很长一段时间。一股沉闷炽热的日常生活的气味确认了这一点。此外，这种空白似乎也是刻意为之，带着一些精心策划的痕迹。男人为何决定让房子这样冷冷清清？这个问题令她更加疑虑重重。这间公寓终究还是告诉了她很多信息，仿佛里头住满了值得收藏的卡通玩偶。

布鲁诺再次出现时，一只手拿了一个盛着牛奶泡巧克力麦片的马克杯，另一只手拿着一瓶红酒和两个酒杯。他喊了女孩一声，她跑了过来，端起马克杯又立即消失。听到房门关上的声音时，克劳蒂娅再次叹息：她又没注意看女孩的脸，没法仔细分析她的五官。不过，现在她惦记的不是女孩和父亲的相似度，而是想挖掘出母亲的相貌特征。她对自己说，这位母亲是必然存在的，无论她身在何方，一定有一个女人有着和女孩相似的容貌。这个女人在哪儿？

布鲁诺邀请她坐在其中一张羊毛垫上。他挪过来一片地垫用于搁酒杯，并给她倒酒。她不懂葡萄酒，平时喝酒时都用敞口杯；眼前的酒瓶和商标也看不出酒的品质，即使喝完她也无法鉴别。布鲁诺随意地坐在垫子上，端起其中一杯酒，头倚在墙上，等着她端起她的杯子与他碰杯。

为邂逅而干杯。他说。

他俩静静地啜了几口酒。他问她要烟，她便拿出两支和他一起抽，依然是默默无语。耳边传来一个女人的说话声："显然，显然如此，显然。"她的语气非常强烈，很可能是在讲电话，因为听不到对方的回答。一只透明的小圆圈从白色墙面跌落，然后在木地板上继续移动。克劳蒂娅知道这个小圈其实是在她的眼底游走。她曾有过一个约会对象是个不吃糖的男人，他说过这种现象很常见，当你缺乏某种蛋白质时便会出现这个小圈。他还告诉了她这种蛋白质的名称，但她不记得了。尽管如此，她依然执拗地认为这个幻觉和某种混合着焦虑与平静的情绪有关。她站起身朝窗户走去，发现窗户外沿摆了一些贝壳；这算得上她见到的第一件装饰品——或者说最接近装饰品的东西。她摆弄着贝壳，心想不知布鲁诺在做什么。是看着她的背影，还是她的裙边和双腿？还是又盯着自己的拳头？她不想转过身去寻找答案，于是又摆弄了会儿贝壳。她轻抚贝壳表面粗糙的褶皱，渴望他靠近甚至拥抱她；但她知道他不是那种男人，不会陪别人去洗手间或是看窗外的风景。

那么……小姑娘走失这件事，是你把女人骗回家的伎俩吗？她突然发问。这话多侮辱人啊，又是一句右派的口号。

当然了，这是我们的套路。他回答时还对转过身的她挤眉弄眼。

克劳蒂娅走回原地，坐回垫子上。她喝下一大口酒，将酒杯放在一边，双手搭在裸露的膝盖上。她朝墙壁望去，整个人的姿势显得垂头丧气。他向她靠近，与她手指相扣抬起了她的手，这时两个人都转过脸来，克劳蒂娅不安地望着他，他却将额头靠在她的额头上微微一笑。

他搂着她的腰，将她抱坐在腿上面朝自己。克劳蒂娅循着肌肉微微起伏的线条抚摸他的肩膀和黝黑的胳膊。他的前臂文了一只蜥蜴，只用黑色的线条勾勒了轮廓而没有填满，但看起来不是没有画完。就如同这间公寓，似乎这就是它原本该有的样子。她的手指沿着文身的线条比画着，接着又轻拽手臂上稀疏的汗毛，又短又细像是长在小男孩身上的汗毛。

搂紧我的脖子。他说。

她吊住布鲁诺的脖子，而后他从垫子上站起身。她的双腿盘在他的腰际，头埋在他胸前，感受着他心脏打鼓似的剧烈跳动和难以平静的呼吸。她渴望他立刻将她带上床，结果确实如愿以偿。当她紧紧缠绕在他身上时，一阵奇妙的眩晕感向她袭来。人生竟有此等愉悦！她不再紧张或害怕，而是备感踏实。这一切都要感谢巧合，感谢命运的垂青。她居然这样勾在一个男人身上……

他们转战到卧室。布鲁诺请她用腿关上门。当她醒悟过来应该关门的时候，她想起了那个女孩。这间公寓里不止他们俩。他在床上坐下，而克劳蒂娅仍然依附在他身上。他凝视着她，用舌头去戏弄她稍稍内陷的牙齿。她想问他们是不是不能发出声响，但还没来得及开口，他便搂着她的脖子缓缓抱紧她，手伸上来捂住她的嘴，再次用力地抱紧她。

房里比刚刚那间客厅更暗，布置得完全不同，看起来像一对传统夫妻的卧室：一张木制双人床，两边床头各有一张床头柜，上面摆着两盏一模一样的台灯，床边还铺着地毯。三斗橱上摆着一只等离子球，几副凸版铜画上刻着奔跑的骏马与公牛。窗台上有花，还装了陈旧的天蓝色金属百叶窗。克劳蒂娅觉得周遭这一切都很熟悉，仿佛她原本就属于这里，属于这个用奇特的方式生活在这个空间的家庭。

我没料到会是这样。她边看着身边的家具边对他呢喃道。

哦，是吗？我倒是确信一定会。他轻抚她的头答道，先前他也这样抚摸过小女孩的头。

他开始亲吻她的脖子，同时将她的头发撩起，在空中握成马尾辫轻轻向后拉，然后顺着脊椎往下抚摸她。尽管他把她带上床时那么自信有力，此刻他的双手却在颤抖。

你喜欢这样吗？他舔舐着她的耳垂问道。

喜欢。

如果到此为止你会介意吗?

不会。

布鲁诺靠在床上，抚着克劳蒂娅的后颈让她随他一起躺下;她吻着他，开始在他身上震颤。

你想脱掉我的衣服吗?

乐意为之。

他的手扶住克劳蒂娅的大腿，渐渐向下滑至鞋子，动作轻柔地脱掉了鞋袜，抚摸她赤裸的双脚。他拉开连衣裙的拉链，精神振奋地向上脱去。整个过程中他的双手和呼吸始终在颤抖，仿佛在为某件事伤心抽泣。

她很享受在穿着衣服的男人面前一丝不挂的感觉，于是开始脱内裤准备继续接下来的旅程。可还没来得及脱完，便被他抓着肩膀转过身子，面朝着他一同侧卧。他带着一丝怒意扯下她左边的罩杯，手指点压着她的乳头。他揉压着，她紧贴着他，双唇微启，饥渴难耐，大大方方。她闻到布鲁诺身上有股柠檬的香气。这种香味很熟悉，她曾在其他男人身上闻到过;这使得她想问他做什么工作，如何养家糊口。

他再次捏住她的喉咙，温柔地抚摸她的眉毛。他舔舐着她的乳房，到她双腿之间试探她有没有湿;得到确认之后不由自主地发出幸福愉悦的叹息。他将那只手留在原处，另一只手的两根手指缓缓塞入克劳蒂娅口中，等待着她的吸吮。她乖乖照做了。

布鲁诺的身体紧绷起来，用膝盖抵住克劳蒂娅的肚子，开始摩擦。他触探她的方式有些粗暴，但不是激烈或霸道的那种粗暴，而是令她非常意外的笨拙，是一股生涩的冲动。她细细端详，只见他舔着嘴唇，体内仿佛有样东西紧紧收缩。他完全沉醉在自己的世界里，眯着眼睛只露出眼白；这副样子换作别的男人一定很粗俗，但在他身上就不会。她会爱上他这样的男人。她摩挲着他潮湿的头发，脱下他身上潮湿的白色T恤，用他的汗水浸润它，因为这是她需要的东西：汲取男人的汗水。她想起了有首歌的歌词这样写道："你的汗水发咸，而我便是缘由。"

他问她，你在这里做什么？你还难过吗？

克劳蒂娅深吸一口气再徐徐吐出。她伸开手指，指甲嵌入布鲁诺的后背，登上了顶峰。

你再回来多少次都可以，特蕾莎。你不开心也不要紧，因为我也是。大家都一样难过。

于是她笑了起来。

一开始只是默默地笑，后来越笑越响亮。现在说这话已经太迟了。他用吻封住了她的嘴。

再醒来时天已经黑了。布鲁诺躺在她身边睡着了。她有点头晕，但非常清楚自己身在何处做过什么。她靠近他，最后一次闻他脖子上的香气。她想在他耳边轻喊"亲爱的"，但没有这么做。因为那不是事实，他不是她的爱人。他们之间发生的一切都没有任何意义。那不是她的生活，以后也永远不会。她小心地起身，生怕吵醒他；安静灵巧地把自己散落在床上和地上的衣服捡起来，像一只照料打理自己的猫咪。她拉上裙子的拉链，走到窗边。窗外能看见另一栋楼里的一扇窗，窗帘背后透出一丝耀眼魔幻的红光。她从窗玻璃上看到自己的影子，顶着黑眼圈，皮肤闪着光，头发凌乱。多么奇怪的一张面孔啊，她对自己说，这是贼还是鬼呢?

一丝微笑在她的脸上荡漾开来。

她走出房间，动作很快，感觉有些缺氧。她果敢地打开隔壁房间的门，宛如登台亮相的人物。女孩正坐在地毯上看电视里的卡通片。电视机发出的光照亮了她的身影。克劳蒂娅注视着墙上刻出来的一个图画，似乎是只蝙蝠，一只小鸟形状的蝙蝠。看到这个画像，她不寒而栗，然后又望向女孩，女孩也毫不避讳地直视着她，两个人都被泪水模糊了双眼。克劳蒂娅朝女孩走去，用手指给她梳理头发，在脖子两侧分成左右两股，用皮筋扎了起来；接着替她抚平裙子，系紧散开的鞋带。克劳蒂娅牵起女孩的手，几秒之后两人一同跨过了公寓的大门。

塔尔卡瓦诺[①]

我们生活在这座城市最贫困的小镇之一，而这座城市又是全国最丑陋的城市之一：塔尔卡瓦诺市的圣胡丽娅镇。塔尔卡瓦诺是一个人见人厌的港口城市，因为这里天空阴郁，一切都被工业烟尘染上一层灰色，而这里的捕鱼业又给它带来了污臭的恶名。然而我们并没有因为生活在一个被人们认为丑陋的地方而感到困扰；恰恰相反，至少我有种奇特的自豪感。我们每个人——潘丘、卡米罗、马尔基多·加拉斯科和我都感到强大而满足。我们享受着这样的日子：坐在加拉斯科家门口，欣赏沿着山坡一路向下延伸的破房子和环绕在半岛腰际的大海，制定计划，啃啃西瓜。这就是一九九七年整个夏天我们忙活的事。整个假期里的每一天我们都有西瓜吃，是潘丘和马尔基多在康赛普西翁[②]搭便车的时候从一个卡车司机那里搞来的。途中，司机说很久没有人能逗得他如此开怀大笑，于是让他们想要什么就随便拿。当天下午我们几个人合力将十四只西瓜一直抬到加拉斯科家。干完活后，我们坐在家门口的楼梯脚下，将一瓣一瓣的西瓜皮盖在

---

① 塔尔卡瓦诺，智利中部太平洋岸重要港口，位于康塞普西翁湾西南岸的小半岛上。

② 康赛普西翁，智利第二大城市，是智利中部的比奥比奥大区的首府。

脸上，装点我们在被自己当作家的这块破地方面前肆无忌惮的笑颜。

我依然清晰地记得那时的我们用沾着瓜肉的鬼脸炫耀我们的幸福。我们冲着邻居们一张张疲惫忧伤的面孔嬉笑。那时恰逢捕鱼产业遭遇危机，大家都没有工作，失业的人们经常在街上游荡，脸上挂着不堪重负落荒而逃的神情，仿佛一群吃了败仗的士兵。事实上，只有我父亲才是落败的军人。在海军部队待了十五年后，他被除名了。虽然这正好发生在形势最糟糕的时候，但他不是因为经济危机而没找到工作。从某种意义上来说，这是他自己的决定。他不愿从头开始。

放暑假之前，我的父母之间发生了某种争吵。我之所以说"某种"是因为他们并没有直接吵架，甚至连语言的交流都没有。这是他们一贯的方式。这是我的记忆中另一段非常清晰的片段。我们一家人——父母、姐姐、妹妹和我——围坐在厨房的餐桌边，桌子中间摆着一盘硬面包，每人面前一杯寡淡如水的茶。几天前，家里的食物开始匮乏。母亲说她把面包加热了一下，这样吃起来能软一些。谁也没有接她的话。面包热焦了，现在不但更硬，还黑得跟炭似的。我们默默地喝着茶。突然母亲站起身，抓起一块麸皮面包尖叫着朝墙丢去。从她手臂的动作中我看出了她的怒火，仿佛扔出去的不是硬面包而是块石头。面包落到木地板上的撞击声倒确实像石头。姐妹们和我望着地上的面包，母亲若无其事地重新落座，但端起茶杯的时候手不住颤抖。刚喝一口茶，她又站了起来，这一次是回房间。我们听到她在抽泣，姐妹俩立刻跟着她进了房，挨着她在床沿坐下——从我坐的位置能看见这一幕——和她相拥而泣。

父亲在整个过程中始终盯着自己的茶杯，但一口也没喝，一句话也没说。我也只是喝着自己的茶，和他一起在厨房里待着。我留在父亲身边而没跟母女三人在一起，但并不是帮着父亲。我不站在任何人的一边。那时候的我像欣赏电影的观众一样看待家里的问题。这个家庭里每段不幸的故事仅仅在我目睹的那几秒内能令我动容，过后很轻易地就被我抛诸脑后。我丝毫没有为父亲的沉默和他注视着茶杯时空洞的表情而担忧。能保持置身事外是件幸福的事。我确信自己能在朋友们的陪伴下，靠自己的力量设法应对。

于是我几乎整天都在卡米罗和潘丘这对加拉斯科兄弟家里度过。我们拥有一片属于自己的小天地。兄弟俩的父亲在北方当矿工——他是我们小团体里唯一一个有工作的爸爸；母亲整天都在加拉斯科奶奶家里照顾刚出生的女儿。潘丘是弟弟，也是我最好的朋友。他细长的脖子、宽阔的后背和一双短腿令他外表看似呆板，这副外表与他释放出来的汹涌的能量完全不相称。从小他就擅长策划历险招惹麻烦；当然都不是什么危险事，只是孩童们的调皮捣蛋而已。

那时我俩都是十三岁，不过我们相差七个月，我很快就要超过十三岁了。

我们两家相隔仅一两个街区，实际上我们生命中的每一天都是一同度过的。加拉斯科一家住在比奇德瓜街，意为“小老鼠”，我家住在马拉尔街，意为“畜栏”。这个小镇上所有的街道都是用马普切语[1]命名的。几年前，我和潘丘以及一位有一半马普切血统的中学同学一起，花了大量精力翻译了几乎每条街道的名称。我们梦想着能发现自己生活的这片土地上狭窄的巷子都拥有重要的名字——我猜我们也有马普切人的英雄主义念头吧。最终我们发现不过都是乡下常见的动物名字而已，但我们依然为镇上的街道感到些许骄傲，尤其是当我们和邻近的工业小镇对比时；那里的街名可都是数字。

塔尔卡瓦诺——“响雷的天空”是唯一一个满足了我们期待的名字。

圣胡丽娅镇发源于塔尔卡瓦诺山丘地区的一支分流口，这里几乎所有的房子都是屋主用木板和锌片搭建起来的。卡拉斯科家是最大最漂亮的房子之一，上下两层，门口砌着水泥楼梯，还用混凝土围墙围起了一间后院。我家很小，因为父亲在他的母亲、也就是我的奶奶的老房子的地盘上建起了现在的房子。他决定让全家人住在圣胡丽娅镇，而不是分一套海军大院里的住房，哪怕这是他作为海军本该享有的权利。他并不以入伍为耻，相反，他比任何一个军人都为之自豪；但他又说不希望自己的孩子习惯在那种环境下生活，更不希望我们中的任何一个最后加入部队。除了这间屋子，父亲还给我们亲手制作了许多东西，从家具到玩具。他喜欢做的是木匠活儿，但也能用找到的乱七八糟的破

---

① 马普切语是马普切人的土著语言。马普切人是南美洲南部主要印第安人部落之一，生活在智利中南部和阿根廷西南部，以其反抗西班牙人和智利人的统治长达350年而著名。

烂凑活：瓶子、铝制盖子、奶粉陶罐、绕线轴。他常说要是有机遇他早就当上工程师了。母亲鼓励他开一间作坊挣点家用，但他总是用严肃的语气向母亲澄清，他已经有工作了，能养活我们就够了。

他已经有工作了。

从小我就对人们神化父亲的工作习以为常。邻居、母亲的亲属、我的中学老师和同学都对他毕恭毕敬。这份尊敬里有钦佩的成分，但更多的是畏惧，我想是因为独裁吧；这份尊敬也给他的工作增添了希冀与神秘的光环。当然，对我们家里人来说，他的工作没有丝毫吸引人的神秘感，我们对他的日常工作一清二楚。

少年时代，我有时会陪他去海军基地，他上班的时候便留我在一个放满鱼雷的地窖里玩耍。我用来打发时间的是一个非常简单、但足以让我一上午玩得乐此不疲的小游戏：用一个塑料球弹击鱼雷头部。仅此而已。摆满鱼雷的地窖就是父亲的工作中最为接近战争和英勇的部分了。就我所知，他甚至从未去过远海。他加入部队是为了寻求机遇——找点事干，最终在塔尔卡瓦诺海军基地工作。有时候当夜间警卫，大部分时候是在军人俱乐部里当服务生——我想部队官方的称谓应该叫“管家”。不过，端盘子并没有让他自卑，他依然亲手洗净熨平海军蓝色的制服，带着军官的傲慢穿在身上的白色工作服底下。

我始终不知道他被除名的原因。姐妹们说是因为俱乐部里的一次非常愚蠢的事故，有一次他和一位将军起了冲突。无论如何，有一点是真的：从此，他曾经震慑了许多人的军人的坚毅眼神变得冷漠而迷惘。

潘丘向我们公布他的计划时是一月中旬。那天早上，马尔基多和我坐在楼梯脚下。马尔基多是加拉斯科家的堂弟。十二岁的他是我们团队中最小的成员。他住在卡乌艾约街（即西班牙语的“马”），离我们也很近，因此也和我一样终日在他堂兄家度过。原本是他的母亲干活时托嫂子看孩子才让他来这里，后来他成了我们中的一员。

我们一边等候加拉斯科兄弟睡醒，一边试着翻译史密斯乐团《校长的仪式》① 的歌词。

放假离校之前，潘丘和我从学校里偷走了两本英语字典。当时的想法是趁暑假翻译我们小团体最爱的几首歌曲的歌词。那段时间我们迷上了史密斯乐团。在“康彻斯特”②——这是我们对康赛普西翁的别称——有一家影碟店，由于我们无数次在那儿又看又听但什么都不买，店主便主动提出，如果我们能提供空白磁带，他就替我们翻录我们想要的专辑。我们在店里跟他聊了好几个下午。他告诉我们，莫里西③ 把乐团命名为“史密斯”是因为这是英格兰最常见最通俗的姓氏之一：他认为到了该让通俗文化面向世人的时代了。这样的趣闻轶事听得我们两眼放光。我们也想成为莫里西那样的人；我们和他一样认为自己既平庸又莫名地

---

① 史密斯乐团（The Smiths）是活跃于 1982 年到 1987 年的英国摇滚团体。《校长的仪式》一曲收录在 1985 年的专辑 “Meat is murder”（《吃肉是谋杀》）专辑中。

② 史密斯乐团成立于英国曼彻斯特。

③ 史密斯乐团的主唱和钢琴手。

高人一等。

“我全想好了。”潘丘猛地打开家门后说了这么一句。

马尔基多和我转过身抬头看他。他用食指点着脑袋反复说“全在这儿”。他一睡醒就出来了，头发凌乱两眼充血。他在我们身边坐下，平视前方，脸上带着每次策划行动都会流露出来的精神错乱的表情。我和马尔基多将字典放在一旁，等着潘丘告诉我们他脑中的想法，可他什么都不说，只是一个劲儿地深呼吸，似乎试图让思绪平静下来。

“卡米罗呢？”他突然问起。

“不是和你一起在房间里睡觉吗？”说罢我又拿起字典，寻找“jealous of youth”中“jealous”一词。

“什么？”潘丘很是疑惑。他一下子跳起来又走进家门。

风扬起了街上的尘土，我捂住视线以免它们吹进眼睛。风是塔尔卡瓦诺一年四季永不缺席的元素。潘丘又出现了，这次头发湿漉漉的，还拿来几片西瓜分给我们。

“咱们去偷教堂里的乐器，”啃了几口西瓜之后，他坚定地说道，“我要吉他。”

“卡米罗呢？”马尔基多问。

“他在房里睡觉。”

“我以为我们的计划是翻译歌词。”我说。

“现在我们两件事同时进行。”他回答的时候没有看我，边说边吐掉西瓜籽。潘丘总是想着一心多用。

“哪间教堂?”马尔基多问。

“巴丝谢芭爸爸的那间。”潘丘答道。他又站起身，走进家门开始播放《吃肉是谋杀》里的第一首单曲，也就是我们正在翻译的那首歌。他把音量调到最大，挥动着胳膊翩翩起舞的样子像癫痫发作的病人，然后一下子从屋里跳到街面上来到我们跟前。

巴丝谢芭是塔尔卡瓦诺福音教派牧师的女儿，是先得福后赐福之人[①]。年少时我们和她玩在一起，直到她父亲潜心研究宗教成了牧师。早在夏初潘丘就想追求她；其实我们都提过要追她，只不过潘丘比我更有毅力，甚至为了见到她而参加教派的集会。就在前一天的集会上——这是福音教徒对他们所做的那种弥撒的称呼——他突然想到了偷窃一事。他说这似乎是一次玄妙的觉醒。当大家高举双手，口中喊着“哈利路亚”，齐声朗诵“他活着，他活着；他死而复生；他活着，他活着，我们要庆祝”，他注意到背景音乐是由牧师的讲坛一旁的小型舞台上的一支乐队演奏的。他看见乐器漂浮在空中，却不见弹奏它们的乐师：有吉他、贝斯、架子鼓和键盘。他觉得上帝显灵了，上帝让他看到了一项新的任务，似乎是上帝要他去偷走乐器。去年我们才一致认定上帝不存在，或者即便存在也与我们无关。不过听到潘丘说这番话并不奇怪，福音教徒身上确实有种东西始终与潘丘的性格相

① 源自《圣经·旧约·创世记》第十二章第一、二节：耶和华对亚伯兰说：“你要离开本地、本族、父家，往我所要指示你的地去。我必叫你成为大国。我必赐福给你，叫你的名为大，你也要叫别人得福。”

契合：痴迷，狂热驱使下的胡言乱语。你能想象得出他会带着多年罪孽之身皈依基督教，也能想象他在小镇广场中心自称是了解神秘宗教事件的先知，身边还围着一群教众，比如马尔基多和我之流。

卡米罗现身的时候，潘丘还没有讲完他的新计划。卡米罗大潘丘一岁，他也很矮，但更瘦弱。无论是体型上还是其他能力方面他都不像哥哥，但他的暴脾气弥补了这一点。他动辄挥拳相向与人扭成一团，尤其是和潘丘。卡米罗穿了一条运动裤，这条裤子即便是睡觉时也从不脱掉；手里还拿了一块西瓜当早饭。他抬了抬眉毛算是和我们打了个招呼，然后在远离我们仨的空地坐下。他头靠着房子的外墙，情绪不佳，仿佛为了清晰表明自己对潘丘正在策划的事情绝无半点兴致。

卡米罗坐在一旁，我们三个站在楼梯上，那天上午，我们四个人最终到齐了。如今的我将当时的我们视为一个无伤大雅的小团伙，其中每个人都扮演着自己的角色：马尔基多年幼天真，卡米罗暴躁好斗，潘丘冲动好事，脑中净是疯狂的点子；我是他这枚硬币的另一面，也是他忠诚的伙伴，冷静沉默善于思考。我们就在那儿听着潘丘唠叨，完全陶醉在自己的计划中的他语无伦次，一句连贯的话还没说完又紧接着冒出下一句，像极了山脚下的海浪：这一波尚未平息，下一波又涌上来了。马尔基多和我时不时打断潘丘请他直奔主题。

最重要的是他们把乐器留在教堂里过夜。这是潘丘走近贝斯手身边祝贺他并套取信息的时候对方告诉他的。其实这个教堂不久之前还只是一间用来充当社区健身馆的旧棚屋。

起初，卡米罗对于潘丘的计划和紧张表现得十分冷漠，然而他突然疑神疑鬼地问道：

“那我们怎么瓜分乐器？吉他得归我。”

他的介入导致了这对兄弟的争吵，他们断断续续地吵到了下午，最终商定卡米罗演奏架子鼓，潘丘弹吉他，马尔基多分到贝斯，给我的则是键盘。一想到弹键盘我还挺高兴，这种乐器似乎与我的性格很合拍。键盘手通常都是温和而聪慧，不过如果让我选的话我会要吉他。

那天到了最后，我们每个人都同潘丘一样为这个新计划疯狂，我们决定接下来的日子里要复核行动的细节。我离开的时候看到路边水沟里有一行用炭块写下的字：

“放弃教育好比一个严重错误。”①

走回家的路上，我满怀期待地想象着接下来的日子。我不知道偷窃这件事最终结局如何，但只要想到这件事我就浑身是劲信心满满。一种升华到无往不胜的境界之感盖过了隐约可见的变数与困难。我仿佛看见我们深夜潜入福音派棚屋教堂又成功离开的那一幕。偷乐器的目的虚无缥缈，我无法想象自己在键盘上弹奏《现在有多远》②的画面，但我能看到自己在加拉斯科兄弟身旁一同享用我们永远买不起的乐器。

---

① 原文为英语：“Give up education as a bad mistake.”这是史密斯乐团的歌曲《校长的仪式》中的一句歌词。

② 《现在有多远》也是专辑《吃肉是谋杀》中的单曲。

一回到家，一股消毒氯水的气味扑面而来；几周前它开始入侵我们家，这种新气味和原本家里占主导地位的那股熟悉的燃烧的湿木柴味儿形成强烈反差。自从给康赛普西翁的几户人家做保洁以来，母亲便迷上了清洁卫生活儿。

除了母亲的房间之外，家里其他地方都是一片昏暗。母亲正和我的姐妹们在一起。她以前没在外头工作过，我想她此刻能像以前那样陪女儿们一会儿，她们一定很高兴。她们在听我的一盘三人行乐队[①]的磁带。我隐约听见她们又笑又唱“走过来的姑娘是谁？如此美丽如此优雅”[②]。充当房门的门帘拉了一半，我躲在门帘后的暗处。母亲这么开心的样子十分罕见。她显得格外年轻，简直像我的又一位姐姐。父亲不在家。我偷看了她们一会儿，有一刻姐姐卡萝拉朝我这里看了一眼。我以为她要与我当面对峙，对我说些气人的话——她试图当面表达对我的厌恶已经有一段时日了，我也不知是什么原因。然而她却假装没看见我，反而唱得更大声，几乎是在吼，还打着响指滑稽地挑逗般地扭动身躯起舞，惹得母亲和妹妹笑得更厉害，拍手鼓励她接着跳。我注视着卡萝拉，确信她知道我正在看。从暗处这样望着她，我一下想起了小时候我们在一起玩得多开心，想起了我俩独处时有多么亲密。我接着走回了自己的房间，仰卧在床上，听着她们又唱又笑直到很晚，直到父亲回来。

钥匙在锁孔里转动之后，仅仅几秒，整个房子鸦雀无声。父

---

① 三人行乐队（Los Tres）1987年成立于智利康赛普西翁，从90年代开始成为拉美最具影响力的乐队之一。

② 三人行乐队《走过来的姑娘是谁》的歌词。

亲沿着过道一路往前走，我看见他黑暗中的身影出现在我房门前。他在黑暗中伫立了片刻，目光上扬。他依然梳着海军的发型，长度及颈，头发在头顶处梳向一侧。他的双颊刮得精光，小胡子打理得干净整齐，即使没有什么地方要去也是如此。我从床上几乎就能闻到他身上的英国香水味儿。可是如此清新的气味与他松弛的脸以及颓废的神色实在很难联系到一起。他没有跟我打招呼，也许是认为房间里没人或是我已经睡着了，也许是他不想说话。我也同样没和他打招呼。他深吸一口气，朝卫生间走去。后来他又走出了家门，之后就没再听到他进来。

第二天早上，潘丘坐在台阶上等我们，身边摞了一堆书。他显得愈加兴奋，似乎起得很早或是彻夜未眠。他神神秘秘地跟我说等人来齐了再告诉我们他想到的关于夜袭的一个奇招。他身边的那堆书是不知哪里偷来的百科全书和字典。不久，马尔基多拎着一袋烟草来了，一坐在台阶上就立马开始卷烟。他拥有与生俱来的卷烟天赋。烟草是我们从街上捡来的烟蒂中收集起来之后用报纸包起来的；卷烟纸也是马尔基多负责弄到手的，是他从妈妈的皮夹里拿来的。

“这是最后一支烟了。”潘丘从马尔基多手里夺过烟深深吸了一口之后宣布。他向大家展示那支烟，再将它凑近眼前看着，仿佛是向它作最后的告别，然后用大拇指和食指将它抛向空中。

“我们得为这次的战利品做出一些牺牲。”

“那你要强迫我们吗？”此时出现在门口的卡米罗抗议道。潘丘叹了口气，宽厚地一笑作为回答。

“我可从没说过这事儿会很简单。不过你先让我讲完，”他顿了顿，让自己的肺储满空气，“我们要戒烟，因为我们得训练偷窃。”他又停顿了一下，睁大眼睛看着我们，难掩激动。“因为我们得练习日本古老的情报和侦察术：忍术。”

“忍者？”卡米罗哈哈大笑，笑声洪亮但笑容做作，“你要我们扮成忍者？像忍者神龟那样？”

潘丘原本兴奋的笑容瞬间消失。

“你听我讲完，卡米罗。”他被激怒了，但没再继续解释。沉默片刻后，他问我：“你怎么看？”他用目光寻求我的认可。

“就是，咱们团队的大脑是怎么想的呢？”

“我不知道……不过电影中的忍者不都是坏人吗？”我犹豫道。潘丘的眼神又明亮起来，自信的笑容再次浮现。

“再说我们要怎么在一夜之间变成忍者呢？”卡米罗嘲讽道，这句话又引发了兄弟俩新一轮的争吵。马尔基多和我趁机把潘丘抢走的烟重新卷好抽完。

潘丘善于把事情糅合起来使之复杂化。他的念头层出不穷，但没有一个能具体化。然而并不能因此否认他确实有实现这些想法的奇妙可靠的方法，这些方法又因为他不假思索的自然率性而特别有吸引力。对于潘丘来说，世界仿佛是一个专程为他设计、让他眼花缭乱的地方。时至今日，我依然记得他无法自拔、神情坚毅的样子。我想，卡米罗的内心深处一定很羡慕他这一点，因此才会经常对他冷嘲热讽。任何人在潘丘身边都难免相形失色。

卡米罗用拳头抵住潘丘的肋骨说：“好吧，好吧，那我们该怎么做?”

潘丘向我们解释说，有关忍术的信息其实并不多，因此我们先读一读他在几本百科全书上找到的内容，然后再看看还有没有别的办法。

“我们为什么不试试别的呢?”马尔基多发问，“我在学校里上过几节功夫课。”潘丘高举双手仿佛在说“终于!”。

“我们就学忍术，因为忍者跟我们更像。”他的语气一本正经得可笑，连他自己也忍俊不禁。待平静下来后，他在原地蹦了几下，郑重其事地看了看我们；他的这种故作严肃自然显得很滑稽。然后他点了点头，仿佛是对某件事很满意或是深信不疑，接着再次忍不住哈哈大笑起来。

读完潘丘分配给我的部分——以摹写日报的方式汇编而成的几本百科全书，我觉得自己明白了潘丘为什么说忍者“跟我们更像”。

我们收集到的所有信息不足三页纸，而且其中大部分都不是直接介绍忍者的，而是借忍者来谈武士，因此对忍者的介绍仅仅局限于他们作为武士历来的敌人和对手这一身份。就我的理解，忍术讲究的战术战略差不多是武士们的一种演变形式，因此两者之间最根本的差异在于激励他们的精神理念。武士阶层作为统治日本数百年的精英部队，其理念充满了有关优越、荣誉、义务与忠诚的信条和价值观。相反，忍者则是一支由搞破坏窃取情报的雇佣兵组成的部队，他们的行动通常都是不留姓名的。归根结底，真正使得战斗艺术中的这两个群体南辕北辙的是他们的出身：想成为武士必须满足一定的血统要求，或者说必须有姓有钱；而要成为忍者，唯一的条件便是了无牵挂。一贫如洗的他们什么活儿都愿意接，无论光荣与否。我想这就是让潘丘惊叹的原因；他说得没错，忍者的确跟我们更像。

那天晚上，当我躺着阅读忍者经典的行动方式之一时——乔装打扮潜入城楼，躲着等待恰当的时机杀死守卫点燃高塔以便顺利脱身，我和妹妹安德雷亚展开了一段简短的对话。她可能已经在旁边的床上看了我好几个小时，但我沉浸在百科全书的阅读中而浑然未觉。我们三个睡同一个房间，房间里勉强能放下父亲做的一张上下铺和一张单人床。姐妹俩睡上下铺，卡萝拉睡上铺，安德雷亚睡下铺；我独享一个百分之百属于自己的空间。

“后天我们去外婆家。”安德雷亚说这话的时候我正在百科全书上画出“不留姓名偷偷逃离”。

我的外婆住在阿劳科省的提卢瓦镇，距离塔尔卡瓦诺大约四小时路程。我们常去她家乡下度假。外婆和舅舅们种植小麦和燕麦，麦田靠着一片森林。童年时，我很喜欢跟妈妈以及姐妹们一同漫步在桉树林里。最后我们总是在数千棵长得一模一样、又被工业手段等距离隔开的树干之间迷了路。当然，当时我没有回忆在乡下度过的那些日子，我几乎没听妹妹说了什么。

“闭嘴吧，安德雷亚！”卡萝拉从上铺喊道，“你这个大嘴巴。”

“你说什么？”我问安德雷亚，目光依然没有离开百科全书。

“你们别说话了，关灯吧！”卡萝拉又一次抗议道。

“你等会儿！”我冲她嚷嚷，她最近对我的态度实在令我忍无可忍。

“我说后天我们要去外婆家。”妹妹又放低声音说了一遍。

“哦，挺好，那你替我问候下外婆和舅舅们吧。”我敷衍道。

“你要跟爸爸留在这儿了。”她的声音更低了，还带着些犹豫，似乎是她自己也不确定这究竟是结论还是问题。

“安德雷亚！”姐姐又一次喝止她。

“我猜是吧。”我并没有在意卡萝拉的又一次打断。

我把百科全书放在地上，熄了灯。我已经习惯了房间里的黑暗，因此能看到安德雷亚依然保持刚刚的姿势侧躺在床上看着我。我之所以知道是因为她的眼睛炯炯有神，令我想起动画片中隐藏在阴森的树林中的那种经典形象。我对她微笑，想着她也可以看见我，不过她用什么神情回应我就不得而知了。我翻了个身，闭上眼睛又开始想忍者。

“你爸爸是当兵的，他没有手枪或者别的能给我们用的东西吗？”卡米罗问我。

“不知道。”我答得有些不自然，尽管这是事实，我确实不知道。我只记得小时候曾经玩过没有火药的空子弹。

“你见过带手枪的忍者吗？”潘丘对卡米罗说，“我们要使传统武器：绳子、链条和大量的飞镖。”

飞镖是忍者的招牌武器。我告诉大家我会制作飞镖。父亲曾教过我用塑料的饮料瓶盖和五颗钉子制作类似的东西。当我们整个下午都在一起的时候会把它扔到树干上玩。

我们朝广场走去准备开始“修炼”，这时妈妈带着姐妹俩来了，每个人都带着一个巨大的包。“这是要搬家吗？”潘丘调侃道。妈妈亲切地和他打招呼，笑着问他这次又在谋划什么。她又一次显得特别年轻。她披散着黑色的长发，亲吻每个人的脸颊，对我则拥抱了许久，说她们要去外婆克拉拉那儿。妹妹搂着我的脖子说她会很想念我，卡萝拉却揪着她的背一把将她拉开，借口说她也要跟我告别，结果却只是用一个快速而生硬的吻轻轻蹭了蹭我的面颊，从头到尾都没有看我的眼睛。卡萝拉还轻轻拍了拍卡米罗的脸颊——他一直都是她的跟班，然后催促妈妈和妹妹赶快走，因为她们已经迟了。

距离夜袭还剩不到三周。

有一部分修炼是在圣胡丽娅镇的圣弗朗西斯科广场进行的。那是个理想的训练场，因为有几处木头和金属的场地陈旧破败得没有别的孩子愿意去，正好可以让我们安静练习。我们最终也没获得关于忍术的更多信息，于是，我们就这样在仅仅掌握极少信息又没有先生指导的情况下，凭直觉修炼重中之重。忍术的意思应当是“遁术”，于是我们分外努力地学习如何在每一次行动中迅速并悄无声息地逃脱。

我们在跷跷板上练习平衡能力，攀爬我们面前遇到的任何障碍，无论是儿童游乐场还是房屋的围墙或是废弃工厂的外墙。有时我们会借助绳子，但大多数情况下都是徒手攀爬。为了提高速度，我们跑着冲下山坡，跳着越过沿途的障碍物。爬跑跳还算是简单的部分。最后我们都落得浑身伤口和淤青，但我们依然精力过剩。尤其是潘丘，腿虽然短，跳得却比谁都高。

真正费工夫的是学会隐匿，学会无声无息地活动。由于忍者的动作轻巧，有些城楼甚至采用特殊设计的楼板建造而成，一经触碰就会嘎吱作响。这种楼板称为“夜莺板”，因为踩踏后发出的警报声和这种鸟儿的啼叫相似。我们将每个训练日一分为二练习不同的技能：上午练习来回奔跑，下午趁身体疲惫也没那么亢奋，便专注地练习脚步和动作的消音。

我们搬空了加拉斯科兄弟的房间——这段时间他们都睡在客厅——以便在木地板上进行练习。我们还穿上了袜子，因为棉花可以降低声响。修炼时我们排成一列：队首的人发号施令，在房间里活动时可以自由地发出声音；其余的人必须模仿他的动作，但不能让地板发出声音。类似有样学样游戏，只不过抬腿和落脚的时候得缓慢小心，谁发出声音谁就输了。另一个练习则是大家在没有任何支撑的情况下蹲住，比赛谁能保持这个令双腿打颤的姿势最长时间。几乎每次都是我胜出，潘丘总是第一个放弃。最后还有一个练习：我们用布条把一个人的眼睛蒙起来，把他带到广场中心。其余人屏住呼吸在他身边活动，他必须抓住我们，就和瞎子摸鱼游戏一样。这样一天下来我们筋疲力尽，第二天却精力更加充沛。

有时候，晚上或是白天修炼结束后还有空余时间，我就在父亲的东西里寻找手枪。我也不知道为什么这么做，但我想查清楚他到底有没有枪。我翻过他的抽屉、衣服、旧皮箱和工具箱，甚至连妈妈的东西也搜过。唯一找到的只有散落在这里那里的木块。这种情况在他身上很少见，因为受过部队训练的他一向都井井有条、谨小慎微。后来我发现整个家里到处散落着木块，大小类型各异，但几乎都是没用的废木头：开裂的、太旧的或是烧焦的。我想他是打算制作某样东西，或者可能是收集材料开一间母亲坚持要他开的作坊。

日子一天天过去，父亲依然在囤积废木头。自从妈妈和姐妹们离开之后，家里就一团糟，唯一的好处是氯水的味道终于消失了。堆积起来的另一样东西是用钢笔画出招聘广告的旧报纸："安保公司需雇佣保安……""混凝土工厂招聘工人……""原材料冲孔及包装流水线工作……"大部分工作都在外地，在圣地亚哥或再往北。妈妈之前买了这些报纸，把广告画出来，再连同早餐一起留在餐桌上给爸爸。她总跟他说在其他地方日子能过下去，说人人都在离开塔尔卡瓦诺。我还以为爸爸早就把报纸全扔了，因为他曾冲着妈妈喊他永远不会离开家。然而现在所有报纸都摆了出来，仿佛是他最后一线生机，尽管是无奈大于希望。

与日俱增的垃圾是那些天我对他唯一的了解。我和他都不在家，但我也算是见过他一次。当时我正和加拉斯科兄弟们在广场上修炼，他突然出现了，开始翻弄垃圾堆。他的衣服脏兮兮，头发乱糟糟，胡子也有好些天没刮了。加拉斯科兄弟没注意到他，我也没走过去。我想他没看见我，因为他看起来真的失魂落魄。他从垃圾箱里翻出了几块板和一个瓶子，装进袋子里，目光盯着地面走开了。我注视着他佝偻着背垂头丧气地沿街而上，直到他在一个路口拐了个弯彻底消失不见。于是我想起幼时，清晨他离家去上班的时候，我也是这样看着他消失在家门前的那个路口。那时候我还不满六岁，但五点闹钟一响，我就和他一块儿起床，陪他吃早饭；其他人都还在熟睡。吃完早饭，他从桌边站起身，我也模仿他的动作，并把他的军大衣和手提包递给他，跟着他一直到门口。这时候他会轻轻拍拍我的脑袋作为告别，然后离开。我留在门口凝视着他在晨雾中渐行渐远，即便他已经消失在我的视线中，我也依然站在那里。我不想他走。有时候，过了几分钟，我会看到他急匆匆甚至略带焦躁地赶回来，用他粗糙的双手有力但不失温柔地握起我的手，带我一起去上班。

至于电影中忍者令人瞠目结舌的惊险动作和搏斗技术，我们在争论数次（尤其是跟卡米罗）之后决定，不花费太多时间进行练习。倒不是因为这些特别难学，而是因为根本派不上用场，毕竟据潘丘说那里根本没有守卫。

三周后，我们达到了一定的熟练程度，当然肯定无法与真正的忍者相提并论。很可能在任何一位先生看来我们的修炼都是贫乏的歪门邪道。但我确信我们的内心相当接近忍者精神，其基础在于实用性，在于关注能救命的东西。

“计叔无庸，之觉就是衣切。”①潘丘在房间里训练腻了的时候说。

“衣切皆为午器。”②卡米罗边说边踢了一下腿。

---

① 实为“技术无用，直觉就是一切”。原文使用谐音的西班牙语单词表示模仿外国人说话。

② 实为“一切皆为武器”。原文使用谐音的西班牙语单词表示模仿外国人说话。

这是初见良昭[①]的原话。他是一位传奇的忍者宗师，我们后来又找到了关于他的一点信息。

有一点确实毋庸置疑：我们已经练就了逃跑时无人能及的本领，确实比原先迅速灵活。无论如何，万一有人开车追我们，我们还准备了几个制作飞镖时剩余的钉子打造的扎胎三角钉。

整个计划最终的腹稿如下：我们在凌晨三四点之间的那一个小时进入棚屋拿走乐器。潘丘先翻过教堂的围墙，从离地约三四米高的上排窗户潜入（那种金属窗框因为年久生锈从来都关不上）。等他进入室内，据他自行验证，用一枚拿破仑币就能破坏锁住教堂侧门的链条。等大门洞开之后便轮到我们上场了：搬起乐器，尽量迅速无声地离开。我们会从朝着松子山的那扇侧门逃走。这座阴暗的小山丘上有一片松树林，穿过这里回去有点绕路，但更保险。我们在树林里就把战利品分掉。计划中最难办的部分是如何悄无声息地一趟搬完所有乐器，尤其是天生声势浩大乒乓作响的架子鼓。我们和潘丘一同在纸上画出了计划：卡米罗将大鼓连同固定在上面的嗵鼓一起绑在身上，像背书包一样保持原样带走；我将军鼓和小鼓绑在背上，将镲绑在胸前；马尔基多将键盘扛在背上；潘丘把贝斯和吉他一前一后交叉背在身上。卡米罗埋怨弟弟分走了最轻松的任务，潘丘辩称策划这一切已经是一项繁重的工作。我们还打算给乐器蒙上加拉斯科太太怀孕时穿的肥大无比的连衣裙加以遮盖。如果时间和空间都宽裕的话，我

---

① 初见良昭（Masaaki Hatsumi，1931—　），日本忍者、忍术宗师，当代最著名的忍者，日本国宝级人物，世界公认的忍术权威。

们再顺走一些电线和乐谱架。音响我们就忍痛割爱了，之后再设法搞套小型的。

所有人都觉得这个计划天衣无缝，至少画在纸上看起来的确如此。每个人都如同忍者，斜背着的乐器是我们的武士刀。

行窃当天，混合着宏伟与危险的气息沉沉地压在我们头顶。这个时候再训练也无济于事，况且，我们一致认定就像运动员一样，最好在大赛前让身体得到休整。因此，我们上午洗净晾晒运动衫，下午坐在楼梯脚下吃着最后几片西瓜目睹时光流逝。卡米罗求马尔基多带点烟草来给他抽，他坦言自己太紧张了。尽管潘丘一开始怪他不守信用而否决了他的请求，但最后大家都抽起烟来。我告诉他们一袭黑衣的忍者形象其实是误传。他们穿的是海军蓝色，因为黑色在黑暗中反而会突显。马尔基多说学校的运动衫简直就是为这次任务专门染的颜色。

“其实都一样，我们也没别的衣服。”潘丘补充了一句，吐出一口烟。大家都笑着赞同。

最后一部分细节。

鉴于马尔基多和我都没有加拉斯科兄弟那样的护耳帽，我们一致决定用黑色 T 恤衫充当风帽。加拉斯科家厨房的钟指向晚间十点半时，我们才刚刚发现他爸爸缺几件工具。虽然不是这次行动必需的，但我们也不能冒这个险。我告诉他们我很肯定在我爸爸的工具箱里见过那几样东西，最后大家决定由潘丘陪我回家找工具，等我俩回来后大家一起去教堂周围守着，三点整开始正式行动。

街上空无一人，一路上潘丘喋喋不休，我从没见他这么兴奋过。他一遍又一遍地问我明不明白我们即将做什么。“你懂吗？你懂吗？”几乎是喊着翻来覆去地问。他步履飞快但坚定，眼神迷离，后来又突然直视我的双眼，对我说我们会一鸣惊人，从此以后便一往无前战无不胜。我看着他，带着同样的自信回答说是的我懂，我们就这么干，实质上已经做成了。我们是无敌的。

一到家，整个屋子里黑灯瞎火的。一进门我们就看到父亲瘫倒在沙发上。他的姿势叫人觉得没有什么能叫得醒他；同样进入我们视线的还有地上的一摊胆汁。潘丘做出喝下一整瓶酒的手势，然后歪着脑袋，伸出舌头，眯着眼睛试着模仿父亲酩酊大醉的样子。我让他去院子里，工具在那儿。潘丘走开后，我走近父亲身边，端详着他瘫倒在沙发上的身躯。这张沙发原本是奶奶家里的，爸爸亲手敲了几颗钉子修补，又塞了羊毛作为填充。客厅里堆满报纸、木块和垃圾；而他的面庞却与之截然不同，空洞得没有任何表情。他看起来老了，又老又无能。我借着外面街灯透过窗帘照射进来的微弱光芒俯视着他，想着他多么自甘堕落，我与他有多么不同。我看了他这么久，想了那么多，再加上家里如此一目了然的死寂，都使得以下这个事实显得难以置信甚至有些耻辱：我居然没有察觉究竟发生了什么，也没有发现是打算用找到的套筒扳手捉弄他的潘丘尖叫说我爸爸没有呼吸了。

几天后，潘丘说那天是他第一次跑那么快，我们的训练最终也没有白费。当时，我喊他去找人帮忙，话音未落他已经一跃而起往山上跑。对于我来说，一切有关修炼、计划、忍者和潘丘的事情自然也都变得毫无意义。

我扑向父亲拼命摇晃他试图让他清醒，不是因为感受不到他的呼吸，而是因为一股气息，因为他散发出来的那股令人作呕的气息。那不是腐烂的气味，而是一种混合了消毒液和发酵味的怪味儿。潘丘搞错了，爸爸还有呼吸。我不用将耳朵凑到他鼻子跟前去仔细听也能知道情况不妙，因为那股恶臭，那股很久之前就开始从他身上散发出来、但我却因为潘丘的尖叫才察觉的恶臭。这股恶臭促使我将颤巍巍的手指伸进他口中催吐。我的双手、双膝都在颤抖，整个身体吓得直哆嗦，但我还是用一只手努力让他的胃发生痉挛，另一只手捶打他的胃部试图让他吐出更多我们一进门就迎接我们的胆汁。

是氯水，我父亲喝了氯水，一瓶一升半的可口可乐瓶盛装的氯水。一辆小面包车每周都经过这里贩卖氯水。曾有过其他人因为服用氯水而身亡，但基本上都是误食的儿童。或许父亲认为自己的承受能力和儿童一样，因而喝下能丧命；又或者氯水是他手头唯一的武器，他终究还是没有手枪。不，他根本没有想那么多，他只想到我母亲，只想唤起她的注意。他是这样想的：我要给她传递一个信号，我要喝下她干活的工具，她愚蠢的追求，她的野心。我要喝下去，让它们一口一口杀掉我。

因为我在急诊室等了几小时后，父亲一见到我唯一对我说的是“打电话给卡门”。在我努力安慰他别担心、妈妈正好好地在外婆家度假之后，他依然更加严肃地对我说：“打电话给你妈。”

“好的，爸爸。”

“打电话给她。”

“好，老爷。”

直到此时我才恍然大悟。我一个电话都没打，而是跟加拉斯科太太以及和其他小伙伴一起在医院里陪着我的潘丘说，我想一个人回家。

我没有直接回家，而是穿着扮演忍者的运动衫走在海边，想象着母亲迷失在远方的桉树林中，我终于明白过来：她抛弃了我们。母亲走了，她把我一个人丢在家里，留在一个半死不活的男人身边听天由命。所有人都知情，除了我；连我年幼的妹妹都知道而且还试图提醒我，可我没有认真听。

我走到港口，坐在石阶上观察几位海员为出海作准备。几年前，我们和潘丘经常一大早来看渔船出海，那会儿我们都梦想着成为商船海员。他们的面孔因寒冷而僵硬呆板，布满皱纹，流露着为装船活计而惶惑忧虑的神情；我们觉得从这样的一张张脸上看到了强壮粗犷的男人味，这是一群无所畏惧的男子汉。然而此时此刻的清晨，远处的海漆黑一片，我从那几位海员的脸上看到的只有忧愁，和远海的酷寒一样侵入骨髓的干涩的忧愁。我这辈子都认为塔尔卡瓦诺是个艰苦的地方，但事实上它只是个忧伤的地方。这时我想到了躺在医院病榻上的父亲，明白了他为什么这么做。我终于对他有了自己的看法：父亲是个不幸的男人，但他也能造成伤害。他伤害了别人，尽管并非故意为之。我应该早点明白这一点，可是我没有。

几天后，当妈妈和姐妹们赶来的时候，家里还维持着她们离开时的原样。我扔掉了棍子和报纸，清理了呕吐物，打扫了屋子。这是我靠自己、为自己做的第一件事。或许我这么做也是希望能转运。事情发生后的头几天我过得浑浑噩噩，后来我深信除了为自己考虑我已经别无选择。于是，父亲堆积起来的垃圾突然就成了危险品，仿佛将我重重包围使我不知不觉深陷其中。所有的垃圾、贫穷、和加拉斯科兄弟一起度过的下午也突然都变成了威胁。这种威胁并不是源于偷窃行动，我并不担心我们会变成抢银行的劫匪。我们很可能依然是那个不会伤天害理的团伙，永远坐在楼梯脚下（或者再大一些的时候会在某个路口），计划着永远不会实现的行动。而这或许才恰恰是它成为威胁的原因。一想到自己这么久以来整天和加拉斯科兄弟混在一起，吹嘘着自己有多么精明，却对身边真正发生的事情浑然不觉，我简直觉得自己愚蠢至极。此时，潘丘依然是那个潘丘，但他身上闪耀的光芒熄灭了，留下的只有一个爱幻想、既顽固又渺小的男孩的影子。

很快夏去冬来，这个冬天的风雨和烟囱的烟雾都格外猛烈。我满十四岁了。母亲和姐妹们回到家里生活了一段时间，她用她的说法解释了事情的经过，向我保证一切都会好起来的，我们大家会一起重新开始。但我知道那是不可能的，无论如何我也不在乎了。当一个人经历过大起大落之后，就会自认为想通了许多事情。我自认为想明白了生活究竟是怎么一回事。打扫整理完屋子后，我筋疲力尽之余依然在思索今后的路就应该这样走：让自己累起来，把责任担起来，让生活好起来。只有这样我才能安然无恙。我不会像父亲那样流浪，也不会胆怯地问自己将来会如何。我会抵抗，会从风中嗅到威胁的气息，会打造自己的人生。或许我不知道如果留在加拉斯科兄弟身边，等待我的将会是何种命运。一找到机会我便离开了塔尔卡瓦诺，先是去北方和加拉斯科的父亲一起工作——这是我和潘丘之间最后的一点联系，后来去了圣地亚哥。我摆脱了家庭以及仅有的朋友，举债求学，每天工作十二个小时，路上还要坐两小时的小面包车；我做了人们为过上舒适的生活而努力做的一切。我确实让自己累了起来，变成了一个疲惫的人。我曾在伦卡、雷科莱塔、基利库拉[①]生活，始终不知道这些地方的名字究竟是什么意思。

① 伦卡、雷科莱塔和基利库拉都是位于圣地亚哥首都大区的圣地亚哥省的城镇。

忘记弗莱迪

我忧伤到准备开始写生活日记的地步。

她在房间里散落着的一本笔记本上写下这句话。不是写在第一页，而是中间随手翻到的某一页，这样可以显得自己并没有很在意。因为即使手中已经握着笔，她依然很抗拒这个念头。动笔写日记听起来是幼稚梦幻的事情，而且还很危险，书写自己的情绪似乎是件危险的事。她当然写过日记，还写了不少，从小学五年级写到中学四年级。每天都把它看得异常神圣，哪怕根本没有新鲜事可写。当时她用密码写日记，因为她很清楚当母亲打扫房间时，孤零零不设防地躺在她床头抽屉里的日记本会面临什么样的风险。那时她的日记都以对人讲述的口吻书写，像是写信；不是写给日记本或是某个无所不知的声音，而是写给她自己。一封给未来成年的自己的信。出于某种原因，她不想遗忘任何发生在自己身上的事；出于某个奇怪的原因，她坚信自己到了今天这个年纪会翻出日记重新阅读，届时她的眼中会闪耀些许自豪的光芒，或是一丝计谋得逞的笑意。然而日记已经丢了，一次搬家时被她装进了垃圾袋。继续背负着它们生活毫无意义，因为实在是太重了。

回到母亲的公寓生活后不久，她便开始写日记。那是一个周六的夜晚，无论香烟还是药片都无法安抚她的情绪。她在自己黑漆漆的房间里望着窗外灯火通明的城市，听着贝亚维斯塔大街上驱车经过的路人们欣喜若狂的呐喊。

永远川流不息的那拨人。

自怨自艾的一天。

原本她是和一个男人同居的。他们在一起生活了四年，直到那天他说要离开。当时是晚上，他们已经睡下了，一个人躺在另一个人身边，没有任何身体接触，也没有互道晚安，只是在黑暗中保持沉默，等待着困意来袭。突然，他说已经租好了公寓，明天就搬。几个月来他不停说想搬家，所以她二话没说就同意了。她对这个主意表现得并不积极，因为她认为通常来说女人对男人不能表现得太过热情。可实际上她的内心热情似火。或许换间新公寓能让他们重新幸福起来。因此，当她听着男人说话、终于明白过来他要抛弃她时，她愣住了。并不完全因为他的离开，更多的是因为她居然忽视了所有的迹象。这都是因为她一贯的作风：与恐惧和幻想为伴，将自己孤立在脑中的世界而忘却现实。

和她同居的男人说："最近这段时间我竭尽所能想和你走下去。我拼尽全力想要你爱我。我已经破釜沉舟。"听罢，她失去了理智，抱住自己哭喊起来。她去厨房拿刀扎破了他的自行车轮胎。原本她想扎床，但她脑中曾闪过一线希望：没准他们能解决矛盾，这依然是他们俩的床，她必须让它完好无损。

那是他们一起睡在那张床上的最后一夜。

我已经破釜沉舟，他说；而我浮在水面上，随波逐流。

此刻她就漂浮着，在母亲家卫生间的浴缸里。

情绪危机爆发的时候，她正和母亲一起吃点心。她们在看八点档的电视剧，讲的是一个女企业家爱上自己的司机的故事。“他配不上她。”母亲这样评判那段在她看来荒谬可笑但难以割舍的爱情。女儿手里涂抹黄油的刀突然跌落，她盯着自己颤抖的双手，莫名其妙地哭了起来。“你怎么回事？”母亲生气地说，和女儿小时候无缘无故地哭时诘问她的口气一模一样：“你怎么回事？”

一辈子都无缘无故地哭。

那么多次别人叫我好好吃饭，说非洲有些孩子什么都没得吃，我都不能理解。这是我的问题。我一直都不明白。

禁欲综合征，母亲胜利般地端起茶杯总结道，仿佛与人碰杯祝酒。女儿对生活方式的不满又一次证明了她是对的。她站起身，跟一直向女儿力荐的那位心理医生约了一个小时的治疗，然后去准备洗澡水。

她将手腕伸到水龙头下方，像一位测试奶瓶中的牛奶温度的母亲。卫生间不大，设计得中规中矩像样板房的卫生间：浴缸在左，洗手池在右，灯安装在墙面镜的上方，女儿坐在中间的马桶上。她们沉默地对视着，直到浴缸里的水放满。她们注视的不是对方的眼睛，而是身体上任何一个避开眼神交会依然能看到的部位。母亲关上水龙头，最后一次试水温。一切准备就绪，她却没有离开卫生间的意思，而是依然站在原地，夹在浴缸和洗手池之间狭窄的空间里，望着坐在马桶上的女儿。女儿也不站起来，母亲站在跟前的时候她一动不动。她不打算在母亲面前脱光衣服，也不会试图用颤抖的双手脱去T恤结果最后还得靠母亲帮忙。她不会有丝毫感觉，就像一株植物，一棵任人准备进行水培的生菜；母亲会每天给她做好饭菜——不是用特百惠的保鲜盒盛起来放入冰箱，而是留在锅里，这样她只需点火加热即可。但即便如此，她也不会在母亲面前脱光衣服。于是母女俩僵持了一会儿，隔着这么一点距离进行防御。然后，她们对视了一秒。那是自从女儿回家之后母女二人都流露出来的回头浪子的眼神，迷途羔羊的眼神，是上帝对归来的宽厚。可她一直认为这则寓言故事①跳过了一个部分：归来的儿子站在作乐跳舞的人群中，穿着新鞋，戴着新戒指，听着音乐，看着晚宴和被宰的牛犊，却依然感到不满足，甚至更加迷惘。

---

① 《圣经·新约·路加福音》第十五章有这样一个故事：一个人有两个儿子，其中小儿子请父亲分了家产，收拾一切去了远方。但由于挥霍放荡又遭遇饥荒，继而穷苦起来，于是醒悟过来回到父亲那里。父亲让仆人拿出上好的袍子、戒指和鞋给他，还宰了肥牛犊供大家吃喝快乐。大儿子回来后见状非常不满，父亲对他说："儿啊，你常和我同在，我一切所有的都是你的；只是你这个兄弟是死而复活、失而又得的，所以我们理当欢喜快乐。"

张开双臂迎接你是最大的惩罚，这种刑罚叫作怜悯。

你怎么回事？

女儿摇了摇头。

母亲走出浴室，她把门反锁，开始脱衣服。她没有像往常那样照镜子，平时她会花至少五分钟在镜子前搔首弄姿，寻找自己最美和最丑的姿势及表情：收紧或放松肚子、踮起脚尖、将头发梳到胸前或脑后、观赏自己的乳头坚挺起来。

自从情绪爆发之后，她已经泡了四次澡。安眠药和抗焦虑药吃完之后，她的综合征一发不可收拾。这恰好发生在一直给她药物的朋友被药店辞退的第二天。

从三年前起，她开始想办法自己搞到药物，因为她拒绝接受心理治疗。总体而言，她不喜欢医生，她发觉他们个个都是贪婪又莫名傲慢。何况，她的心理医生必须具备聪明才智以及胜过她的分析能力，她确信找不到符合这个要求的人选，至少在她经济能力范围内没有。她第一次、也是最后一次拜访心理医生时，整个治疗过程都无聊透顶。最后，当医生讲给她听接下来的治疗方案时，她抬了抬一边的眉毛，差点就脱口而出："得了吧，您最近看过的一本书是什么？"不，她不会随随便便接受他人的建议。

母亲正在卫生间门外等着她，如同疗养院的护士。女儿想起曾在网上看过一篇题为《历史上的十大怪诞心理治疗术》的文章。其中提到二十世纪初，曾有种治疗术让患癔症的女性连续几小时甚至几天泡在浴缸中。那个泛黄的画面深深刻在她脑海中：浴池四周安装了与脖子齐平的栅栏，三个女人泡在池子里，戴着镣铐和塑料浴帽，神情空洞地望着相机。

她也会在浴缸里待上几个小时。她沉入水中，呼出一口气吐出泡泡，然后屏住呼吸。她在水中睁开双眼，等着奇怪的事情发生。她期待着能隐约看见模糊的水面上出现一个鬼影，或是一只手伸进来掐住她的脖子。恐怖片里都这么演。每当女主角泡澡的时候就会遇上奇怪或者意外的事情。过去她总觉得这种画面又假又傻，唯一的目的不过是让观众看到女演员的裸体。当弗莱迪[①]试图在一个人的每个梦中杀掉她时，她会把自己关进厕所借着烛光洗澡。但现在她明白了这种情节有其真正的复杂性：每个女主人公也有母亲，和她的母亲一样，看到女儿心神不宁就提议她洗个澡。“好啦，你去准备洗个澡，忘记那桩谋杀吧。”

> 我今天用小时候爸爸的那个方法吹干了头发。我把吹风机接到插线板上，面朝天横躺在他的双人床上，头贴着床垫的边缘，顺着垂下的发丝从上到下开始吹干，就像吹干一条地毯或者类似的东西。我采用这种方式是因为它很实用，并非因为它感性。我的父亲是个讲求实际的人。

她顺着浴缸的弧线滑动，直到水没过了嘴和眼睛，只剩鼻子

① 弗莱迪·克鲁格是80年代恐怖电影的一个经典代表人物，在电影《猛鬼街》中，弗莱迪会在孩子们的睡梦中用长长的金属爪子杀死他们。

露出水面，如同一座孤岛。可她不愿自己像一座岛一样漂着，而是希望像石头一样沉入河底。

直起身的时候，她用手扶着浴缸边缘，脸颊靠在冰冷的陶瓷上，想起了那个谜语。每次洗澡她都会重温这桩往事。那时她正读小学三年级，学校里的老师给全班出了一个谜语，谁能解开谜题就能拿到七分[①]。谜语大致是这样的：一个男人去店里买了一只浴缸，售货员说两三天后送货上门，可过了几周甚至几个月浴缸还是没到。男人见拖了这么久，便给售货员寄了一封信。信非常简短，一张白纸中间只写了个拉丁字母："I？"售货员完全摸不着头脑。老师问男人写这封信是什么意思。七岁的她心跳加速，大脑开始以千年的智慧运转，寻找答案。她惊恐地观察所有同学。她不在乎七分，这个分数她多得是；她无法忍受的是答案被其他人找到的那种挫败感。小学一年级她就会做乘除法，几乎一上学就会识字写字。母亲悉心培养她希望她出类拔萃，成为众人眼中耀眼的女孩。

她双手牢牢握紧板凳，先后咬了笔杆、辫子的末梢和天蓝色的围裙，最终思维停滞。

全班没有人答得出来，于是老师揭晓答案："男人写了拉丁字母的'I'，不是'Y'。懂了吗？他的意思是：浴缸呢？[②]"

---

① 智利的中小学阶段打分范围为1.0—7.0分，4.0分为及格，7.0分为满分。

② 男人信中的拉丁字母"I"用西班牙语读作"i latina"，而"浴缸呢？"对应的西班牙语为"y la tina"，两者的读音相同。这是一个关于谐音的谜语。

这么简单！同学们笑成一片说道。但她没笑，面如死灰。她没解开这个谜语，那么很明显：她没有自以为的那么聪明。

我想那时候我应该发现了。我总以为自己有多么特别，多么高高在上。我每天都能看见三支送葬的队伍经过，周末这个数字则翻一两倍。这时候我都是躺着看窗外，或是坐在阳台上。起初我觉得很震撼，尽管并没什么特别之处。被下葬的不是我，我只是住在通往附近各个墓园的途中芸芸众生中的一员：大众墓园、天主教墓园、犹太墓园、追思园和大主教墓园。

关于谜语的这段往事发生时，对她来说卫生间里有浴缸还是有钱人家的奢侈行为。直到五岁时她都得钻进厨房里洗衣服的水泥池子，还努力摆出一副严肃的姿态，庄严得如同电视中浴缸底部镀金的狮子脚。那时候父亲还没有离开家，她在一家名叫毕达哥拉斯的受资助的公益学校读书。一两年后母亲替她办了转学，主要有两个原因：第一也是最重要的是，她发现这间乡镇小学培养学生不以将来他们能走出小镇为目标，母亲希望女儿不会止步于此，而是青出于蓝而胜于蓝，甚至出类拔萃。第二个原因是学校的助教奥斯瓦尔多先生被控猥亵和强暴好几个幼儿园和一到三年级的孩子。

她把脚搁到水龙头上乘凉，听着楼下邻居的喊声。这是她最近与外界唯一的接触，除了这个声音，还有跟妈妈一起吃点心的时刻。她关闭了 Facebook 账号，整天都在七楼的这间公寓度过。这栋高楼也是在破房子的旧址上重新盖起来的，她很鄙视楼里的住户。他们在电梯里碰面时从来不打招呼，表现得像行色匆匆不耐烦的顾客。他们故作冷漠和轻蔑是为了凸显今时今日能有如此成就的自豪感。她也不理他们，整天就在这间四十五平方米的公寓里转悠，从这儿走到那儿。既急躁不安又无精打采，但绝不骄傲。回来之后，她的生活一直很苍白，如同早晨的呵欠。从早到晚昏昏欲睡；烧热留给她的饭菜，吃一点点就把剩下的倒入垃圾桶里的超市购物袋。她还会看《宋飞正传》①，这是曾和她同居的男人最爱的电视剧，但她看的时候不怎么笑。白天无所事事，晚上难以入眠。失眠的夜晚，她依然会想象本来准备和这个男人生育的孩子，一个漂亮的男孩，名副其实的漂亮，遗传了父亲高挑的身材和笔挺微翘的鼻子。这种想法让她既陶醉又厌恶，因为母亲经常这么说父亲，说当初选择他是为了更大的好处，为了优化基因。

还有些夜晚她待在阳台上。广场上喷泉的声音听得她以为外面一直在下雨，她一支接一支地抽烟，心揪成一团，等着四周的楼房的灯光一一熄灭。

我需要听到一些我能信任的东西，比如狗叫声。

她没有超越母亲。不过这似乎算得上一种安慰，因为她向

---

① 由美国 NBC 电视台制作，是 1990 年代美国最受推崇的情景喜剧。

来都不想成为那样的女人。她想要的生活充满梦想、温情的快乐，断然没有母亲的刻板与严厉。她读了文科专业，后来又参加了一连串的讲习班，寻找自己真正的天赋：写作班、剧本班、电影班、专栏班、自学班、有机菜园与苗圃作物培育入门班。这样的生活曾一度看起来大胆前卫又有吸引力。这个勇敢的女孩学了一门没用的专业，年纪轻轻就为了一个刚认识不久的男人离开了家。这些无法预料的经历和决定与母亲自己的人生以及对女儿的期望相悖，恰恰因此而显得勇敢。问题是如今的她已经不上大学了，也没有了与之一同历险的男人。

她欣赏着自己泡在浴缸中赤裸的大腿。她一直厌恶自己的大腿，因为它们和妈妈的一样粗壮。可曾和她同居的男人却为之着迷。每晚临睡前，他会从背后搂住她，将她的睡裤褪至脚踝，爱抚起她的大腿。"真特别，"他说，"你身上这个地方真是特别。"

她给他买过一只卡西欧手表。一只给他，一只给自己。因为他心心念念想要一只腕表，像过去的人那样佩戴起来。他想要一只昂贵的金属机械表，表面和表带记录它岁月的痕迹；能用一辈子，能传给孩子们，能代表承诺。这也是她爱他的原因。她想留在他身边成为这个承诺中的一部分，于是送了他一只表。手表不贵，但至少大致表达这个想法。于是两个人都有了手表。有天下午在他一个朋友家——所有的朋友都是他的，她半开玩笑半认真地说，手表是他们的订婚戒指。朋友和她都笑了，但曾和她同居的男人没笑。他一本正经地说她买手表是出于内疚；她先是给自己买了，继而感到懊悔，于是又回到店里给他买了一只。

又是这番言论：她不够爱他。

他为什么这么言之凿凿？他是怎么知道这么多的？这就是他，一个对凡事都有把握的男人，一个比她自己更清楚她的感情的男人。

他高大结实，强壮健硕。不易相处也不信任他人，几乎接近无礼的边缘。

一个领先于所处时代的人，这一定是将来别人对我的评价。有一次，他在读完巴拉德[①]的一本书的衬页后突然说道。她非常惊讶地表示赞同。她深以为然，因为他聪明，是她认识的人中最聪明的。因此他有权利眉头紧锁，或沉迷或严肃，说一不二。她爱他利落的肩膀，果决的嘴型，笔挺不近人情的鼻子。

同时，他又是一个会用力亲吻的人，和《上海小姐》[②]里的奥逊·威尔斯[③]一样。而她就是玩弄他的“蛇蝎美人”。这就是他俩的角色。他对她说“漂亮脸蛋”故意惹她，她问他是不是很在意外表，对此他否认，但实际上也不过尔尔。刚开始他们玩的就是这种游戏。

今天我在床头柜的抽屉里发现了两盒牙线。我记得是四年多以前买的，那时我刚搬出妈妈的公寓。我一定是认为自

① J. G. 巴拉德（1930—2009），英国著名作家。代表作有《撞车》《太阳帝国》《摩天楼》等。

② 《上海小姐》是由奥逊·威尔斯执导、丽塔·海华斯主演的一部美国悬疑片。

③ 奥逊·威尔斯（Orson Welles，1915—1985），美国演员、导演、编剧、制片人。代表作有《公民凯恩》《第三人》《历劫佳人》等。

已将会需要牙线这种一个成年人应该有的东西。我拥有的头两样东西是一个插线板和一包两盒装的牙线。不知道为什么牙线能保存这么久——插线板早就不知是丢了还是坏了，也不知道我为什么把它带回来。我无法想象自己打包东西准备回来时，把它们拿在手里，塞进袋子，相信这回会用得上。

她再次沉入水中想听清楚邻居的叫喊声，因为声音在水中传播得更清晰。先是甩门声，接着一个男人的声音说“我要杀了你”。她在水下尽力憋气，但再也没听到别的。浮上水面时，她思忖是不是该打电话报警。谁会喊出这种话来呢？后来她又想或许并无大碍，如果一个人告诉你他准备干什么，至少你知道该如何应对。说不定这些怒吼已经挽救了他们。相互辱骂事情反而好办，像他们那样憋在心里什么都不说，最后他就真的离开了。

他从来不问她。他会查看她的邮箱和Facebook上的聊天记录，然后怨恨地望着她，却什么都不说。她知道他看这些，但也不回答他没有问出口的问题。

有一天我读了威廉·赖希[①]，明白了你为什么比我更歇斯底里。一个朋友告诉她。

为什么？她笑盈盈地问。

因为你的爸爸更粗暴。

---

① 威廉·赖希（1897—1957），奥地利精神分析学家。著有《性格分析》《性革命》《法西斯主义的群众心理学》等。

不，我比你更歇斯底里是因为我在网上花的时间更多。

有空，这是她 gmail 的状态，也是她面对男人时摆出来的姿态。她控制不住自己。她和朋友互相承认了这一点，她们表面上虽然用批判的眼光相互打量，内心却隐藏着对此的向往。为什么她这么喜欢被人渴求？为什么每次聚会她都非得吸引周围人群的目光？为什么她必须讨他的朋友们喜欢？最难以回答、令她甚至没有勇气提出的问题是，为什么她只进行不彻底的背叛？因为她其实是忠于他的？还是她没有足够的自信将背叛进行到底？她的背叛总是止于挑逗和意味深长的眼神与聊天。而他监视着她所有的对话，她不知收敛的热情，她的微笑，她一而再再而三的“我喜欢”，充斥着邀约和令人浮想联翩的歌曲的邮件；之后，当他们一起在房间里看书时，他的视线从书上挪开，转而投给她嘲讽和愤怒的目光，一切看起来都有了背叛的味道。

她感到一直以来她都在和自己较劲，因为他不容许她有任何质疑。他将她幽禁起来。要么全部拥有，要么一无所有。可她并不完美，她能给他的也只有不完美的爱情。最终她还是被他说服了。她到底先做了什么？不记得了。是先在橱窗里看到卡西欧手表于是买给自己然后再回去？是先买了他的再买了自己的？是两只一起买的？一直就是准备给他的还是有过一瞬间的犹豫？

母亲转了转门把手，又使了更大的劲试图把门打开，直到确定门是锁着的，于是敲了两下，从门外喊道：“没事吧？”她是那种不打招呼就推门而入的母亲，这样的母亲睡觉总是敞着门以便聆听家里的一举一动；大大小小的事务都非要清楚并掌控，因为这是她的事，她的家。

她看着前方暗无光泽的镜子，再次沉入水中。

她确定她爱他，基本确定。

否则他们之间算什么呢?

当他们刚离家开始同居的时候他一无所有，这很像爱情。极其廉价简陋又不成套的餐具，两只超市的打包纸箱，一只外壳已经生锈的野餐煤油炉，一张整天被他们睡在身下的旧单人床垫。这些就是全部，连窗帘都没有。天黑之后，天花板就被外面的车灯照亮了。她抬头看向天花板，看着灯光一道接一道地亮起又熄灭，从一个角落投射到另一个角落，如此这般循环往复地摇摆，如同海浪。这一定是爱情。他很高大，她很瘦小，一张单人床对他们来说足够了。然后，当他爬到她身上，进入她身体里时，她依然望着天花板上的波浪，整晚不停翻滚的波浪。

天热的时候，当他们一起顶着烈日走在蒙可贝克街时，他在前，她在后，两人排成一列一前一后地循着房屋外墙投射下来的阴影走着。她望着他高大的身影，心里觉得比起遮挡阳光，他更像带来了光，走在前面举着火把照亮道路。她一边往前走，一边尝试牵起他随脚步的节奏前后摆动的手；他没有回头，对此也一无所知。她跟在他后面，想永远这样跟着他直到最终握住他的手指。

昨晚，我梦见自己怀孕了，不觉得饿，只是渴。我非常渴，于是只喝水，几乎不吃东西。我的肚子约摸七个月大，羊膜破的时候，我的双腿之间有一股水流淌下来，如瀑布一般倾泻而下。我看着地上的一摊液体浸湿了我的双脚，心里知道孩子死了，他一直就是个浮在我腹中羊水里的死胎。醒来后，我明白这不是个梦，而是真实发生过的事件，或者说和妈妈跟我讲过的事情相似。那时候爸爸刚离家，我们正在吃午饭。“我没亲眼看见，”她说，“他们什么都不说，什么解释都没有。”

她看了看自己皱巴巴的手指，应该是在水里待了相当长时间了吧。她曾看过一则新闻，说几位科学家终于发现为什么人的指腹泡在水中会变皱。这一现象与人类进化有关，是为了便于在河中打捞食物。这对于千年之前的古人来说可真是一种派得上用场的能力，他们断然不会在浴缸里泡两小时的澡。这一发现让纽卡斯尔大学的那帮英国科学家们忙了个四脚朝天。她觉得自己和这些科学家没什么两样，她这一辈子已成定数，有一项已经过时、在这个时代毫无用处的技能。

她弯起双腿让膝盖贴着胸口，用皱巴巴的手指抓起塑料浴帘上的磁铁。她将磁铁吸附在浴缸带铁的部分，然后又拿开，感到如释重负。这种发明确实来源于一个有用的研究。

从儿时的洗衣池过渡到成年时的莲蓬头后，最让她感到困难的是如何与浴帘共处。她害怕浴帘内侧的塑料衬帘。当她被热气包围时，衬帘会靠近她，以一种在她看来很猥琐的方式蹭她的身体。她把洗发水和香膏放在浴帘底部加以固定，但这玩意儿总能挣脱，最后还是把她逼向白色的瓷砖墙面。

自从得知奥斯瓦尔多先生的事之后，她不再相信圣诞老人，开始改信强奸犯。她的童年时期，没有哪个形象的存在感能比得上强奸犯，无论是盗贼、圣母、天使、口袋男人、吸血鬼，还是精灵。在她的想象中，强奸犯是个驼背男人，长长的手和手指，脸也很长，面色蜡黄，牙齿泛光，五官明显像狼。他总是埋伏在街道的拐角，等候她出门买面包。不过，和上帝以及魔鬼一样，强奸犯也有变幻莫测的形态，可能是夜间躺在床上听到的脚步声，也可能是浴帘。

由于学校里出现了猥亵儿童的事件，而那个年代还没有人知道“恋童癖”这个概念——又或者是出于孩童对于美好结局的期待，她那不清醒的头脑以为强奸犯只会对十四岁以下的儿童下手。于是，少女时期的她最渴望的恰恰是告别少女时期，尽早跨过十三岁和十四岁之间的那道坎，从此便高枕无忧。

揭发奥斯瓦尔多先生猥亵行为的是班上一位叫达芙妮的同学。她和达芙妮的友谊始于达芙妮七岁生日的聚会——她是受邀的同学中唯一到场的，而且还送了一套用来制作手链的彩珠和串绳。达芙妮的妈妈见有人前来非常高兴，便把多余的所有惊喜礼物都送给她，还允许她和女儿用草莓味的优皮果汁挑染了一束头发。她们三个相处得非常愉快，那天下午她很羡慕达芙妮和她的妈妈之间的关系。她根本不像缺少父爱的样子，恰恰相反：她们证明了父亲在所有的家庭里都是那么多余。

达芙妮。转学之后她彻底忘记了这个名字。

她没有再想着达芙妮，直到小学七年级时看到了希腊神话故事。历史书上有一张新古典主义的插图，画了一个半裸的女人在森林中奔跑，张着嘴，眼中流露出恐惧，手臂伸向天空正在变成树枝。整节课她都没有翻过这一页，并且课间甚至回家后依然盯着这幅画。就在这时，她脑中这位朋友的形象，从曾经那个留着一缕粉色头发的小女孩永远地变成了从阿波罗身边逃走的仙女。达芙妮从奥斯瓦尔多先生手中逃脱，变成了月桂。

妈妈买了一个防盗的警报器，她问有没有防强奸犯的。妈妈弯下腰，看着她的眼睛向她保证她的同学遇到的事绝对不会发生在她身上。她说，因为她和达芙妮不一样，她有爸爸，而达芙妮没有。奥斯瓦尔多先生知道这一点，因为他认识爸爸。这话有点道理，爸爸在家修修补补的时候经常向他借工具。她很安全是因为她有爸爸，并且她应该为此心存感激，这就是妈妈最后跟她说的话："你得表示感谢。"然而，妈妈说这句话的语气和神情中似乎又有些东西让她心生疑惑。在此之前，仅凭着爸爸能确认卫生间里的水是整个家里最冷的这一点，就足以让她相信他很特别，是世界上最有学问的男人。然而就在妈妈向她揭示了自己有多么幸运时，她却明白了爸爸还不够好。她还明白了一点：她背负着一笔债，一笔欠母亲的债，因为母亲给了她一个父亲，为了组建一个家庭和他生活在一起。这笔债会长期与她如影随形，永远无法还清；它会天天在她耳边低语，逼迫她拽着母亲被耽误的梦想清单、牺牲和失败一同前行。

于是她心怀感激。然而当父亲抛弃她们时，她几乎感到如释重负，并没有多么伤心或压抑，因为母亲似乎也和她一样。意外确实有，至少她认为有。每天早上她都撞见母亲醒着躺在床上，一连几个小时盯着墙面，仿佛盯着一块写了一道数学难题或是一则谜语的黑板。她觉得令母亲意外的不是父亲对她没有爱到愿意留下的程度，而是他居然有胆量离开。她一直以来都小看他了。

母女俩依然相依为命，日子和从前相比并无太大变化。唯一不同的是，灯泡似乎爆得更快了，管道堵的次数更多了，水龙头滴水也更频繁了。当她们因为谁都不记得更换电池而不得不用力摁电视机遥控器的按键时，爸爸的幻影才会出现在那里。令她吃惊的是，寥寥数月后，她便发现爸爸原先的抽屉现在摆满了女士内裤和丝巾。她还惊觉再也没有爸爸这面镜子了，他们简直是一个模子里刻出来的：一样的绿眼睛和长睫毛，拳曲的头发，轻易展露、充满防御又毫无诚意的微笑。她还惊讶地发现，母亲接电话后告诉来电者他不在时居然那么波澜不惊。如果对方问他什么时候回来，她会带着同样的平静回答说他不会回来了。有一次甚至有通电话追问他是不是死了，母亲只沉默了一秒，连咽口水的动作都没有，只是淡定地在电话中回复了“不是”。

几年后她们搬到了新公寓，后来女儿也离开了。

一滴水珠流过她的面颊，又一滴淌到她的胸前。她的身体变得通红发烫。她向来都喜欢用滚水洗澡。她会阅读洗发水的标签以便在水柱下多耗一些时间。她喜欢那种从浴室的蒸汽中来到寒冷的房间里时形成的反差，头晕目眩，眼冒金星，赶在昏厥之前恰好瘫倒在床。此刻她也有种头晕微醺的感觉。她看向天花板，洁白的顶上角落里有了星星点点的霉斑。当初她离开的时候，这间公寓几乎还是崭新的。

有时候星期天她会回来探望母亲。她们吃过午饭后，坐在客厅的沙发上看《法律与秩序》①。她总是才看第一集就睡着了，醒来时脖子疼。在和她同居的男人离开之前她的最后几次回家探望中，有一回母亲给她讲了一段往事。当时她们也是吃着点心，放着电视剧，和往常一样，母女二人也都装作认真看电视的样子。

母亲讲述的是她两岁那年病重住院的事情。她知道一点，但不算多。

她的奶奶有一位特别的精神导师——胡丽娅姐。当她出院时，奶奶递给妈妈一个信封，说是胡丽娅姐寄来帮助孙女彻底康复的。奶奶一本正经地向妈妈传授了使用方法：每次泡奶粉时倒一点信封里的东西到牛奶里。她答应了，将信封放入手包中。到家之后取出信封打开一看，里面空空如也。她打电话给婆婆问是不是搞错了，婆婆生气地回答说信封里装的是胡丽娅姐呼出来的气，这就是要混入牛奶里的东西。

真荒唐。女儿笑着说。

是啊，我当时简直想死。

那个下午时间似乎快了几个小时，不久她们身边的环境昏暗

---

① 《法律与秩序》是美国NBC电视台出品的一部比较真实反映美国法律制度的电视连续剧，1990年开播，2010年结束。

起来。她们各自抿了一口茶，不再将注意力放在一成不变的电视剧上。

那你最后怎么办的？女儿问。

我把空气加到牛奶里，母亲耸了耸肩答道，不然还能怎么办？

她难以想象母亲年轻的样子，但她眼前浮现了这个画面。从小她就觉得母亲个性很强。二十多年前，这个态度生硬强势的女人，独自站在厨房，或许有些茫然，将压根不存在的东西倒入女儿的奶瓶中，期待着牛奶中充盈着这个“东西”。这位顺从的母亲心有不甘但不多过问，做着必须做的事。

你爸爸叫我别犯傻，他叫我把信封丢到垃圾桶里。

你爸爸。她的爸爸。他和信封里的东西一样，也是不存在的。

她们放下手中的点心，在夕阳和背景中干涩的电视声音中静静地望着彼此。一切都黯淡下来，这时她们的眼神也有了交会。

有时候，当你看到我的时候会想起他吗？

这是她想问母亲的话，因为她注意到了此刻母亲凝视她时的表情，那是一种悲伤的神情，一种从来没在她脸上出现过的神情。她是那么忧伤。但她依然沉默。等她们吃完点心，母女二人共度周日时的常规流程也结束了。她和往常一样告辞，什么都没有说。

有天晚上，和她同居的男人求她说个秘密给他听。当时他们正躺在单人床上，仍旧没有窗帘，外头的灯光照亮了天花板。爱着她的男人搂着她的背，凑到她耳边缓缓地说：“说个秘密给我听吧。”

我上过电视。

奥斯瓦尔多先生的强奸案的调查过程中，学校里挤满了记者。每天都爆出不堪入目的案件记录，还有一些关于他如何进行猥亵的报道：他用棕榈树枝扫过地面，孩子们以逆时针方向跳过树枝前进。人们在他修理学生课桌椅的工作间里发现了内裤和血迹。

一天，在学校门口，她正吃着薯条和朋友们玩耍，几个男人叫住了她。如今她可以很肯定地说他们之所以选择她是因为当时她的发色最浅，站在同学中间时是最接近金色的那个。这个颜色随着时间流逝而消失了。大家都说她的发色变暗了。

你想上电视吗？

他们让她站到摄像机跟前，叫她摆出难过的神情，垂着脑袋反复说“不，不”。这一段会在晚间新闻里播出。

女孩不敢相信，九点的新闻！她满心欢喜地跑过巷子。学校和家之间的路程变得格外漫长，她激动得几乎无法呼吸。她进门时发出了不少声响，蹦蹦跳跳，敲门锤墙，开心得尖叫。“妈妈，妈妈！我要上电视了！”她兴奋得差点讲不清楚这桩大事。母亲目瞪口呆地看着她，摁住她的肩膀将她推来搡去，仿佛精神错乱，她从来没见过母亲这副模样。“你干了什么？”她吼叫时甚至喷出了几滴唾沫星子。“你怎么就不懂呢？你不明白吗？你干了什么？”母亲反复念叨，双手捂住了脸。“现在大家都会以为你被猥亵了，都会以为那个人是你。”女孩嚎啕大哭。母亲摇晃了她最后一下，然后不再理睬她，紧张地来回踱步。“所有人都会看见你，所有人都会以为你是那个女孩。”

报道在晚间九点十五分首播。她们一起看了新闻，女儿边看边吃掉一盘兵豆，因为医生给骨瘦如柴的她的治疗方案是晚上加餐。一个她手握勺子坐在那里，另一个她在电视屏幕里。一个正对着另一个，仿佛一对双胞胎在比赛对视看谁先眨眼。确实是她。图像虽然因打了马赛克而模糊，但站在那里的确实是她，这个事实无从否认。这段录像大约长十秒钟，随后电话声立即响起。

电视会陪伴你，照顾你，教育你。电视会给你讲故事，让故事变得真实，让你的梦想成为现实。我想我一直都有点羡慕她——达芙妮。我也渴望变成月桂。

水还温热，她已经洗好了。她不需要洗发水、肥皂或香膏。她唯一还需要做的就是走出来。

这时她发现恐怖片中有一幕从来不出现：女主角洗完澡走出浴缸。电影只会拍女主人公惊恐得跳起来或是从浴缸底站起身子水花四溅的画面。

她相信自己通过最近几次泡澡已经从那个画面学到了东西。她拔出塞子，大片的水如同爆破的楼房里的地板一样下沉。水开始从你这里流走，抛弃你，这就是她的感受。水从她的体内流失，带走了一切，掏空了她的身心。她想随同水一起消失，却只是留在那里，如同干涸的河底的石头。

娜娜阿姨

我躲起来了，沉浸在一片模糊的昏暗中，被一条浮动的光带团团围住。这个光带是我的藏身之处唯一的边界。是的，我躲起来了，虽然不太记得为何要躲。我知道这是自我保护，只是像在树荫底下躲避阳光的那种保护。我感到平静，同时似乎也是在等待某样东西平静下来之后再走出来。我正躲在床底下。我今年七岁，正听着妈妈呼唤我，她在找我。我头枕在交叉抱着的胳膊上，床底下闻着有灰尘的味道，地板也冰凉。从我所在的地方能看到衣橱最底下的抽屉和床头柜的侧面。最显眼的还是地毯以及地毯上连一幅完整的画都拼凑不起来的彩色纤维。不过假如从房门外朝里看，整个房间里最引人注目的当属我的床：白色的木头床框，花朵图案的羽绒被。这张床和所有我曾经有过、现在拥有的东西一样，是特意为我挑选的，可我却躲在它底下，感到隐蔽而安全。或许我是在玩耍，我小时候做什么都像是闹着玩。我只知道打从我记事以来，那个被支撑着床垫的木条和地板包围起来的中间地带就是我最爱去的地方。妈妈的声音近了，我看到她的高跟鞋走进了房间。她又喊了我一声，然后走开继续寻找。她没看见我，于是我走了出来。

“你跑哪儿去了？”妈妈边替我整理衣服边说。她看着真年轻，披着一头天然的深色长发。我很爱她。有时很晚了她还没下班回家，我会胡思乱想觉得她死了，再也回不来了，然后就开始大哭，试图回忆起她的脸。有时能想起来，有时不能。那个时候的我以为，唯一能证明我们深爱一个人的方式是能够闭上眼睛就看到她的样子或是想起她的声音。如果妈妈回不来，那一定是我的错，因为我不乖而遭到了上帝的惩罚。这就是那个年纪的我所受到的折磨，浅显、夸张、原因乏味却具体。我从未想象过后来我们的角色会如何翻转，也没有料到痛苦也是一种可以隐藏起来的感情，静悄悄地发酵，在不知不觉中积怨。

“你记得爸爸丢了工作，对吧？”她说话的语气模棱两可，我点了点头。“所以呢……”她深思熟虑想接着说，但话锋一转，“去和索尼娅告别吧。”

“为什么？她要去哪儿？”

“我们去把她的衣服捐掉，捐给一家养老院的老人们。”

“我也去吗？”我微笑着问。

我跑到索尼娅的房间，发现她正坐在床上，身边堆满了黑色塑料袋。她只顾着哭，没有察觉到我的出现。

她的房间是我钟爱的另一个地方。洁白的卧室看起来像医院的诊室。摆在里面的物件也都很实用：一张床，一个衣柜，一盏灯和一只闹钟。三年来，索尼娅每周一到周六下午和我们住一起，周六下午回她“真正的家”——每当她生我的气时就这样称呼那个地方。

我的记忆中一直珍藏着两个时刻，足以描绘出我和她一起度过的时光。

第一个时刻是每天的固定节目：我们在她房里玩手影游戏。并没有什么惊艳之处，我们转动手腕张合拳头来模仿打斗的天鹅和蛇。我沉迷其中，不是迷这些动物，而是迷我们所做的这件事——电影里所有的朋友之间或父母与孩子开心的时候都会一起玩这个游戏。索尼娅的手胖乎乎的，像充了气的塑胶手套，因此她做出来的动物形象通常都比较肥硕，把我逗得乐不可支。她说我的手指跟面条似的，于是我试图抓住她的手。一看到这两双手滑稽的巨大差异，她也忍俊不禁。她的手还很粗糙，像一双整天与泥土打交道的手，但这恰恰是与之相反的工作自然而然留下的痕迹，是被肥皂、消毒水、打扫灰尘的抹布和扫把磨砺的结果。

第二个时刻不是来自我自己的记忆。我虽是其中的主角，却没有自觉留存关于它的回忆。我的父母津津乐道了那么多次，最后它才终于驻扎在了我的脑海中。女孩——我拨通了母亲上班时的电话，焦急地等候着；女人——索尼娅一直躺在床上，一动不动如同木乃伊。女孩和女人默默地注视着对方，其中一个向另一个投去失望的目光，她们得等到晚上九点了。“那个时候没到规定时间我不能出门。”我对自己说，这是母亲的原话，也确实能在我的记忆中找到证据。“我把她铐在了床上。也不知道从哪儿冒出来的主意。”我又说道，声音中还带着笑意。这是一次无伤大雅的恶作剧：家里有副手铐，我找出来想玩。难以置信的是，一些连你自己都不记得的东西居然能保留那么久。有时候我问自己为什么会忘记这段往事，原因不在于年龄，我还记得更小的时候发生的事。我想这其中或许还有别的原因，某种程度上说，我忘掉它，是为了甩掉自己身上的一部分。铐住索尼娅似乎除了单纯的贪玩之外还反映出了我的其他问题：狭隘、娇纵、霸道的脾气。

我坐在索尼娅身边，她对我坦言她不是去捐衣服，而是要把它们带走，她不会继续住在我家了。后来妈妈进来了，看着我们相拥。我们把袋子扎好，送去了她新工作的地方，一栋住着一位即将由她照料的老爷爷的大房子里。

这一切已经过去二十多年了。

那是九十年代末，一切都似乎流动飘摇的年代。我们在雷科莱塔区租了一套房子，因为这里距离爸爸工作的地方比较近，说“近”其实是一种讽刺。第一次出差前，爸爸尝试用这种方式向我介绍他的工作：他画了一个用小棍子搭成的男人，脑袋巨大，一个三角形代表帽子，一只半圆是嘴巴，两条斜线代表眼睛。“就像这样，看见没?”他边说边用食指把自己的眼皮提起来揉搓眼睛，“是中国人，”他说，“爸爸和中国人一起工作。”实际上是韩国人。他反复提及这一点想加深我的印象。但真正让我觉得不可思议的倒不是有人长着这样细长的眼睛，而是有个国家里竟然全是这样的人。我一想到如果陪着爸爸出差我也会长出这样奇怪的眼睛，便感到震惊。当然事实上我从来没陪他出过差，连和他共事的韩国人的聚居地帕德隆纳托都没去过。不知是我少不更事还是没有人教过我，但有个叫“亚洲危机”的事件在一年半之后波及了我的家庭。

这不是爸爸第一次失业，但却是最戏剧化的一次。他整天折腾些无法经营或是半途而废的生意。我记得有段时间他开过出租车，再之前还在圣迭戈租过商铺贩卖盘子、杯子、尿壶和塑料碟子。他说他干不来普通的工作，因为无法忍受上司对他发号施令。我猜测他是被他的父亲、也就是我的爷爷造成了一些心理创伤。爷爷非常严厉。他当过智利武警，从小就鞭策我爸爸追随他的脚步。家里的手铐就是他的，是他随同一套卢玛番樱桃木家具一起送给我们的。他希望我们用它来保护家人，然而它唯一一次派上用场却是被我用来锁住索尼娅。或许爷爷把它送给爸爸是斥责他缺乏安全感与保护能力，是提醒他原本可以但最终没有成为的样子。

从来没有哪份工作像同韩国人做生意这样让爸爸一头扎进去。他深信自己这次终于能一鸣惊人获得经济独立，于是向好几家银行贷了款。这件事妈妈不知道，也可能是装不知道。一切都泡汤之后，爸爸仿佛变了一个人。他丧失了活力，脸上一度挂着一副忧郁惊愕的表情，如同一个不知不觉间输掉了所有筹码的赌徒。

以上就是我关于父亲全部的记忆、对他所有的了解、以及从别人口中得知的所有关于他的事。与大家原本的期待不同的是，失业后爸爸在家的时间反而更少了，甚至比去韩国出差期间还少。我从来都不知道他去了哪里，妈妈应该也不知道，因为很快他们之间就出现了争吵。

我的母亲是个聪明上进的女人。她总是朝前看，不纠缠既往之事。我这么说是因为她常常讲给我们听她穷苦的童年以及如何走出贫困的故事。母亲相信自己能快速、轻易、自然而然地摆脱自己的出身，如同跌倒后的人抖一抖衣服上的尘土那么简单。她很勇敢，也曾一度乐观。她相信一个人只要清楚自己想要什么就足够了。我想她刚认识父亲的时候一定认为他很积极进取吧。但她的计划让她一路走得很吃力：首先是她怀孕了不得不结婚，然后又陪着丈夫一同经历了他的每个项目，再后来丈夫失业了，很快她发觉就连她的婚姻也失败了。当然，母亲从来没有考虑过和丈夫分开，至少在那个年代没有。一方面，她极端保守；另一方面，对她来说接受失败是比失败更糟糕的事情。

于是，我的父母将我完全蒙在鼓里，偷偷策划了这场“阴谋”。当时我才七岁，我只能明白索尼娅走了。我一个人在家待了一段时间，然后娜娜阿姨就来和我们一同生活。

娜娜阿姨是妈妈的阿姨，她的名字其实是莫妮卡，但家里所有人都喊她娜娜阿姨。尽管她的眼睛躲在厚厚的镜片背后，却是我印象最深的部位。她的眼睛漆黑，瞳孔和虹膜之间几乎没有分界，眼眶四周长着稀疏的睫毛，令人联想到被脱毛的鸟儿。这就是她的外表给人的整体印象：一只惨遭掠夺迷茫无助的小动物。

“我不喜欢您！您走吧！”第一天早晨我们一起在厨房时，我就冲她这样吼道。看得出来她精心准备了一顿早餐：有切好的水果和巧克力牛奶。“我不喜欢您！我喜欢索尼娅！”我又冲她喊，声音不住颤抖。娜娜从烤箱里取出一块核桃蛋糕，切下一小块笑眯眯地递给我。

“女人能适应一切。”她用原谅的口吻说道，拱起来的嘴巴周围数不清的皱纹挤到了一块儿。她的满头白发一如既往地乱蓬蓬，黝黑的皮肤饱经风霜，背部微微隆起。

我以前自然也认识娜娜阿姨，但并不了解关于她的人生的任何细节。

当时她六十五岁，但一切迹象表明她应该不止这个岁数，因为人们对她进行出生登记时她年纪已经大到能够记得这件事了。她是三姐妹中的老大，确切地说是半个姐姐。据传她的母亲和雇她干活的一个土耳其人生下了她，或者别人是这么告诉她的。总之她从来没见过自己的父亲，不过这对她来说算是则趣闻而不是悲剧。她和两位妹妹还有一点不同，她从来没结过婚，因为她是留在家里照顾母亲的那个女儿。六十年代，她曾在伊尔马斯面料厂当过裁缝。她把所有的薪水悉数上交给母亲，甚至连在家里能做什么不能做什么都由母亲决定。独裁期间，这间面料厂和许多其他工厂一样都倒闭了。她先是找了个当保姆的工作；几年后，就在母亲过世后不久，她开始照顾妹妹们的孩子，再后来又照顾妹妹们的孩子的孩子。从此，她的本名莫妮卡被她主要的工作取代了，她成了大家口中的保姆娜娜阿姨。

妈妈请她照顾我并没有付她薪水，但并不是因为我们家经济状况不良，或者不完全是这个原因。母亲一死，娜娜阿姨自然无家可归；长达十年间，无论是她的妹妹还是其他外甥女显然都不愿意收留她。既然如此，我的妈妈便给她提供食宿至少到我能照顾自己的时候。考虑到她还能活的岁数，这已经是一段足够长的时间了。

当然，这些都是我后来才知道的；也几乎到了那个时候我才明白娜娜并没有表面看来以及众人以为的那么脆弱。

“我永远也不会喜欢您！”

那天的早餐我碰都没碰。娜娜阿姨的用心与和蔼让我异常气恼。我跑回房间躲到床底下。我知道她不需要为索尼娅的离开负责，可是如果不怪她，那怪谁呢？在我心中一定要有个人为此负责承受报复。或许这才是真正令我迷茫的——我不知道谁应该为此负责，甚至不知道是否存在这样的始作俑者。我一个人去上学，虽然整个上午都饥肠辘辘，回家后依然继续绝食。那天下午我没有再见到娜娜阿姨，我躲在床底下，从家里消失了，这是我唯一想做的。

不久前我看到一则耸人听闻的消息。一户穷人家卫生间的热水器爆炸，引发火灾烧毁了房子的二楼，家里的孩子都在楼上。四个孩子全部遇难，最小的两岁，最大的十岁。新闻最后报道说他们的尸体是在几个孩子一起睡觉的房间里的床底下找到的。这一细节不过占了结尾处的寥寥几行，但我忍不住想象整个场景：惊恐的孩子们不知所措，不知往哪里逃生。似乎只有一个地方能保护他们抵御火海，这个地方在别的场合曾保护他们被他们视作堡垒，但此刻却意味着陷阱。然而，大姐相信躲在那里他们能安然脱险，或者认为让弟弟妹妹们这么想至少可以安慰他们，就如同先前遇到类似的情况时一样。孩子们手牵着手等着一切过去的画面一次又一次在我脑中闪现。应该怪谁呢？照看他们的邻居根本上不了楼营救他们。孩子们只能继续躲在床底下、困在火海中。人们怎么看待这类事情呢？谁应该为此负责？不是为这次事故、而是为孩子们认为躲在床底下会更安全而负责？

娜娜阿姨住进我们家的第一晚，妈妈来了我房间。我听见她上楼时鞋跟敲击木地板的声音。她说自己的方形鞋跟是经典款式，但对其他任何人来说只能叫过时。她的脚步认真而坚实，这也是她希望留给别人的印象。这样的步伐和每天清晨她赤脚走路的脚步声截然不同。她会在大约四点下楼，摸着黑小心走路，尽量不吵醒别人。在她的这种半夜步伐中，有某种她从来不在人前表露的东西——害怕和屈服。我想象着她躲在窗帘的帷幔之后看着窗外。我从来不敢下楼去查探她究竟在做什么。

妈妈打开床头柜上的台灯，坐在床上。“你醒着吗？”她问。我立刻转过身来。她看起来身心俱疲，给我感觉似乎根本不想来这里，只是被迫跟我待在一起。很多时候我都感到有什么东西挡在我们中间，仿佛有种厌倦之意总是挥之不去地漂浮在我们呼吸的空气中。妈妈一言不发，只是用手掌抚摸着床单。

“娜娜阿姨一直都是这样。”她突然说，听上去带着贬低她的语气，但实质上难掩钦佩之情。我以为她要教训我早餐时对着娜娜阿姨乱吼的行为，但从她说的话来看她并不知情。相反，她告诉我她和阿姨一起生活到五岁。她的妈妈在短时间内连续生了两个女儿，再加上原本就有三个孩子，根本照顾不过来。于是轮到了作为大女儿的她跟着阿姨走。我不太明白走去哪里，但她说这话时的冷漠令我担忧。她说，她们住在一个非常破旧的房子里，房顶是木板搭的；每当她做噩梦时，娜娜阿姨会睡在她旁边，陪她数天花板上的木头结，数到妈妈睡着为止。我看了看我房间里的天花板，光滑平坦，还点缀着一片荧光的星星。妈妈的目光不知飘向何方，沉默了一会儿，很快就和我道别了。

“你爸爸呢？”走到门口时她问我。

我什么都没说，只[illegible]

离开之前她深深地叹[illegible]掉鞋子，穿着袜子走回自己房间。

那天晚上我无法入睡。母亲的到来不知为何让我非常紧张。这种事情以往在我开学和放假前几天会发生，但这次不一样。我感到透不过气，仿佛盖着一床沉甸甸的被子。饥饿感消失了，但空虚感比之前更为强烈。我不住地想象妈妈小时候的样子，想象年幼的她夜里受惊的样子。会不会这就是妈妈清晨赤脚下楼的原因呢？她成年以后依然害怕吗？我想这是我人生第一次失眠，翻来覆去地想着这些。黎明，我听到爸爸回家的声音，听到他的钥匙插入家里几道门的保险装置时的声音。接着只听到街上寂静无声，路灯的灯泡发出嗞嗞声，家具也时不时嘎吱作响。随着汽车的驶过和清晨第一道阳光的出现，街上又开始喧闹起来。

等我终于合上眼时，我的房间看上去蒙上了一层冰蓝色。

我起床时已经十点多了。我睡眼惺忪地跑去爸爸妈妈的房间，发现床铺已经整理好了，房内空无一人。那天是周六，整个家笼罩在寂静中。我想起了前一晚和母亲的谈话，于是跑去娜娜阿姨的房间。我得为冲她发了脾气而跟她道歉。我穿过客厅、餐厅和厨房，也没有看到任何人影。自从索尼娅离开之后，我再也没去过她的房间，这次走进去一看大吃一惊。同样是白墙，却与先前大相径庭，仿佛有人在这里真正地生活：多了好几件家具，摆满了照片和小摆设，虽然都是旧物件。其中，一张黑白相片吸引了我的注意。相框是塑料的，但尽力仿制成镀铬镜框的式样。照片上一个女人和两个小女孩坐在木头板凳上。女人无疑是娜娜阿姨，因为她也弓着背，露出一模一样的和蔼的微笑与耐心的神情。她留着短发，身穿一件花朵图案的围裙。我又凑近一些想认出那两个小女孩，这时我的脸映在了相框的玻璃上。我仿佛在照镜子，可镜中的影子却不像我，而是像照片中的第三个小女孩。我端详着她，她面如死灰如同幽灵，一点都不像个小女孩，更像是风烛残年之人。我感到胸中压抑，惊恐地逃回了藏身之地。

进房间之前我仔细聆听家里的声响，但什么动静都没有。我站在门边不过几分钟，却长得仿佛永无止境。我是彻彻底底的孤身一人。我想，或许她不会回来了。这真是个傻念头，她的东西明明都还在；可这个念头仍然令我焦虑不安。回想起前天早上对她的大吼大叫，我告诉自己我伤害了她。正当我觉得事情似乎闹大了的时候，我看见床底下有东西。是一份礼物，虽然没有包装，但是用一根丝带扎起来，上面还放着几颗软糖。礼物是几块放在口袋里的那种棉布手帕。盒子上有几个汉字。我见过类似的文字，爸爸跟韩国人工作时曾给我看过一些。据他说汉语是一门非常难的语言，但我觉得与其说是语言不如说它是图画：行走的男人的侧影、一栋房子、树枝。我掏出手帕一看，是白色的，还绣着淡彩色的花。从来没有人给我送过这样的礼物。我依稀听到家门开关的声音。有人上楼了，脚步声轻到几乎无法察觉，像是没有穿鞋。

“我去集市了。”娜娜阿姨边说边走向我。我坐在床上低头看着手中的手帕。“我可是费了好大的劲才够到那么低的地方。”她指着自己拱起的背笑着说。

“对不起。”我呜咽着说。她拿起手帕替我擦干面颊。手帕碰到皮肤的触感很粗糙，几乎不吸水。

“我也有好几条一样的，”娜娜阿姨说，“对我可有用处了。”

我在家里再也不是孤身一人。娜娜阿姨伴着我成长，我陪着她变老。“我们遇见了彼此。”我喜欢这样想，我们就像两个不合群的孩子自由地相遇、互相陪伴整个下午，彼此信任，对所有的防备和大人们的疑虑都熟视无睹。我们一起看电视剧、替彼此梳头；一起列去集市的购物清单，起初是我说她写，随着时间推移我们的角色发生了互换，因为她已经老得写不了字了。我们不太聊天，娜娜阿姨依然是那个沉默寡言的老太太。反正我们也不需要交谈就能完全理解彼此，沉默似乎恰恰是我们之间的共通之处。

我们一起待的时间最长的地方是厨房，娜娜阿姨如鱼得水的地方。这里的舒适自在显而易见，因为在这里，她可以自由地创造与破坏，准备每天的饭菜以及每月一次的私房菜：核桃蛋糕。她知道这里就像地堡一样安全，我也能感到被保护起来，有时候甚至觉得就像躲在一张巨大的床底下。

每天下午七点左右，一天中我最喜欢的时刻开始了。娜娜阿姨在桌上铺好两条毛巾，把洗衣篮拿来厨房，打开收音机。她开始熨衣服，我什么都不做，只是在一旁静静待着。我们总是听同一个节目，是国家广播电台播送的一种广播剧，每次讲的都是悬疑故事。这些故事总能吊起我的胃口，听得我既入迷又不安。故事中的凶杀案、追捕过程、两个陌生人相互打量的阴暗狭长的走廊都很引人入胜。如今回想起当时的画面，我仿佛看见我们两人在厨房，不声不响地沉浸在故事的情节中。熨衣服的蒸汽使得空气有些沉闷，午后的阳光几乎伴着播音员讲故事的节奏与他的声音一同消失。这一切都让我们渐渐进入昏暗，直至不得不开灯、关上收音机。

现在，厨房仍然是我们的地盘，但我已经十五岁了，很快会是十六岁、十七岁，世事变幻，我已经说不清在多大程度上我们现在住的仍然是以前租的那间房子，我们这个家还是以前那个家。我现在有两个弟弟，一个偶尔打零工的父亲和半夜在家里徘徊的母亲。很快我将一无所有。

唯一几乎一成不变的是我同娜娜阿姨的关系。每晚，我去她的房间，用我七岁时她教我的那些俏皮话跟她道晚安。和她在一起时我依然像个孩子。

娜娜阿姨已经老态龙钟。她面前放着一堆已经熨好叠好的衣服。如今，广播节目已经停播了，我们几乎是摸黑在厨房里干活。明天我将离开家，除了几个来帮忙的朋友之外，没有任何人知道。我没有告诉她，因为怕失去逃离这里所必需的勇气，我不能冒这个险。小时候，当我得不到想要的东西或因为和父母吵架而无助地哭泣时，娜娜阿姨总是安慰我说：“一个人要懂得感激。”然而现在的我知道从这句话里已经找不到安慰了。

我和她都没有开灯。我们比往常更沉默。我想实际上根本没必要告诉她我的决定，她已经通过某种方式获悉。她看着我，我看见她眼中有股灰蒙蒙的雾气在升腾，不是雨水的灰，而是烟雾的灰。这是我们最后一次一起在厨房，她的眼神好似对我出逃的决定作出的回应："这只是我的人生，我知道不是所有人都会懂得感激。"我们相互拥抱，这是我们最后的告别。

她清楚之后的日子将会如何，最初会有一段时间很难联系上我；然而，除了从公用电话亭打过一次电话之外，我再也没有看望或是联系过娜娜阿姨。我告诉自己这是必要的牺牲，并且继续心安理得地过自己的生活，一种在当时看来完完全全属于我的生活。

再见到她时是五年后她的葬礼。我赶到灵堂时，妈妈用一句简短而又疏远的"你好"跟我打了个招呼。葬礼在独立社区的一家殡仪馆里举行，妈妈负责几乎一切事宜：手续、招呼客人、提供茶水咖啡和饼干，摆放鲜花。晚上我们在街上碰到了。我正在抽烟，她也出来点一支。她顶着黑眼圈告诉我，葬礼没在家里举行是因为她已经不住在那里了。这我已经知道了，于是没有多问，她也没有接着说。父亲没有出现在灵堂里，这我也知道了。

娜娜阿姨穿着一条藏青色的裙子，这是她最爱的颜色。我问妈妈是不是她选的衣服，她说是，也是她替阿姨穿的，但是没法戴上假牙，因为她下颌的肌肉非常僵硬。

"你好吗？"她问。自从我离开家之后我们没有说过话。

"挺好，"我答，"你呢？"

“挺好。”

我们又沉默了，等着香烟燃尽。我很想和她说话，和她一问一答，即便不知道该说什么。一见到她时我就想哭，但我忍住了，从头到尾都表现得冷酷无情。经过千锤百炼的我已经培养出了相当强的忍耐力，没有什么能打败这股力量。或许妈妈也是如此。

“她一直呼唤你爸爸，临走之前喊了好几遍他的名字，”妈妈把烟头丢到地上说道，“是护士们告诉我的。她是清晨走的，走之前一直自言自语，喊你爸爸的名字。”

每天夜里我会醒来，光着脚在自己租的房子里来回踱步。今夜，我走到了厨房，透过朝南的窗户向外眺望。金星正在一栋大楼楼顶的天线上方闪耀着。娜娜阿姨去世已经一年了，我试着想象她依然在这里徘徊，就像在我童年的厨房里那样，每日忙忙碌碌将锅碗瓢盆弄得叮当作响；我依然挡在中间，什么都不干，只是静静地陪在她身旁。

灵车到达之前，她寥寥无几的几个亲属围在棺材边与她告别。我也想跟她说几句，但始终开不了口。我想说说娜娜阿姨教我的所有东西，想聊聊沉默。娜娜阿姨一直沉默寡言，每个在厨房里共度的下午，她都向我展示了沉默有多么美丽。我本想说这些，但我没有。既然母亲在场，这个时机似乎不合适。然而事实上，我没有说出口是因为我缺乏勇气。如果我说了，就等于肯定了我从她身上学到了东西，等于拿自己跟她做比较。可我明明与她有着天壤之别。我和她不一样。我不会变得像她那样有责任心，不会做任何一件她做过的事。有谁能做到像她那样呢？为除了自己以外的所有人的生活而操心，甘于奉献、被遗忘却依然心存感激。我不会感激，十七岁那年我就决定从此只关心自己的人生。我认为自己可以抛弃家人，抛弃任何必须抛弃的人，决绝地离开永不回头，抛下所有的后果于不顾。我希望自己能够学会遗忘。我渴望女英雄般的自由，渴望属于自己的幸福生活。那时候的我可笑地面对世界傲然屹立，坚信自己能战胜它，毫发无损地转身离开。

美利坚精神

几个月前，我和朋友桃乐丝见了一面。过去在星期五餐厅上班时，我和她走得很近，她是调酒师，我是服务员。不过我们已经好久没见面了，最后一次是差不多三年前她生完孩子、我辞职之后不久。她在 Facebook 上联系我，提议我们在位于高尔夫区的餐厅旧址见面，现如今那里已经变成了一家意大利餐厅。她在留言里说“回忆旧时光”，不是“好时光”或是“属于我们的时光”，似乎那段时光唯一的特点就是属于久远的过去。从她的话里我很诧异地读出了一丝决绝，但我对此倒也赞同，这的确是对于那段时光最好的定义。

我从来没有像讨厌在星期五餐厅里当服务员那样讨厌过一份工作。然而，那天下午一看到餐馆里曾经的一切都变了，我居然有些怀旧。巨大的橡木吧台及悬在上方的螺旋桨、餐厅中央的独木舟、古董摆设、青铜扶手、红白条纹的桌布和蒂凡尼台灯统统都不见了。我感到不解，以前擦拭那些东西时总是忿忿不平敷衍了事，此刻站在这里却想念它们。

桃乐丝捧着菜单坐在那里等我。我俯身靠近她——这是我在星期五餐厅打工时用来和客人们拉近距离的惯用伎俩，然后用诙谐得有些可笑、平稳庄严到可以用来传播美利坚精神的语气对她说："谢天谢地今天是星期五。"

她有些不自在地微笑起来。

她看起来非常漂亮，和我记忆中截然不同。她瘦了，披着一头黑发，身穿一条非常合身的款式复古的蓝色连衣裙。

我对她说："你今天很漂亮。"

"你也是。"她答道。或许是我的表情有些不快，她立马改口："我的意思是你一直都是这么漂亮。"

我们以各自的近况开始了聊天。由于我对自己的现状不太满意，所以只是模棱两可地回答或是回避一些话题。万一暴露了自己遭遇失败的事实，那就成了令我蒙羞的大问题，尤其是考虑到与桃乐丝相识时我是那么心高气傲和理想主义。

相反，她却滔滔不绝地跟我聊起她两岁八个月的儿子、和一个海洋生物学家几个月的恋情以及她在智利银行当客户经理的工作。她的热情在我听来似乎过盛，而且有些虚情假意，给我感觉似乎是想向我当面炫耀她的成功，虽然她并不是存心让我不好受。我想她心里还是需要得到认同，一份对她的生活方式的最终祝福，来自我的祝福。这并不代表表面的幸福之下没有隐藏些许不满。

在我们过去的友谊中，我才是表现得如此自信的那个人。那年我十九岁，读文学专业，总爱谈论自己钟爱并认为至关重要的话题：哲学、政治、电影、诗歌。桃乐丝总是缺乏自信又索然无味地听我侃侃而谈。她比我大几岁，在餐厅里做全职补贴家用，同时也是为了让自己忙碌起来。她和妈妈、两位阿姨以及表姐妹们一起住在外婆家。她的爸爸在迈阿密——是他给她取了这个美国佬的名字，他们最后一次联系还是在她读小学的时候（他给她寄来几张梦魇乐队[①]的 CD）。

当服务员收入可观，但那时的我并不觉得这是一份值得吹嘘的职业。我也是这样告诉桃乐丝的，还总是劝她甚至逼她学点东西或是找到自己真正感兴趣的事。我想那时的我一定自视甚高，不过很大程度上这其实也是我的一种防御机制。那时候我自食其力，想到自己不会仅仅是个小服务员而是注定要成就一番大事业，就能给我注入忍受这种消磨人意志的琐碎生活所必需的勇气，更重要的是能提醒自己不能背叛自己当初的决定。这是我年少离家时自己选择的生活。

"我常常想起你。"桃乐丝的语气在我看来不痛不痒。

这种语气警示我别去试图揣摩这种回忆究竟是好是坏。

因为我们之间还有一个心知肚明的话题。桃乐丝发现怀孕时最初的决定是堕胎，于是我陪她去买了米索前列醇，还躺在她身边陪着她张开腿并抬高以示支持。结果却失败了，极有可能是她买到了假药，但她不愿意再次尝试。她从来没有跟我提过是否后悔当初的决定，但我们说起她儿子时，我总感到气氛有些紧张。我想实质上，在她内心最深处连她自己都没有意识到的角落里，她责怪我曾支持她做了她明显不想做的事。无论如何，我们也不至于为此疏远。我从地图上消失并不是因为我觉得不愉快，仅仅

① 梦魇乐队（Incubus）是一支 1991 年成立于美国加州的另类金属乐队。

是因为我辞掉了餐馆的工作开始忙自己的事情。

我们那时相处融洽。我会留下客人们的剩菜，桃乐丝留下果汁机里的果汁和奶昔，供我们一同偷偷享用。在一个满员——用行话来说应该叫“客满”——之夜，在大家忙得不可开交之际，我边跑向厨房边对桃乐丝说“沿着黄色的道路”或“没有什么比家更好”，她笑着摇摇头。她此刻的冷漠令我很难过，有一瞬间我想向她解释，为她曾觉得我对于她的节奏和问题麻木不仁而请求她的原谅。但这么做听起来不合情理且妄自尊大，因为这只是我单方面对她作出的结论。

我做了个手势叫来服务员请他替我们点菜下单。店里客人不多，这位二十多岁的服务员将餐具擦得锃亮打发时间。

“你还记得我们以前是怎么擦盘子玩的吗？”我试图将话题引向那些更为保险的往事。

“我不记得那时候有什么‘好玩’的事情，”桃乐丝不无嘲讽地说，“事实上我都不明白自己怎么能在那间破餐馆熬了那么长时间。”

她的这番话和她在Facebook上发的信息一样，又一次让我震惊。我没料到桃乐丝对于那份工作的印象如此糟糕。她和谁都处得来，因为她性格好又爱社交。其他女服务员都是她的朋友，她还和夜班经理迭戈谈了好几年还算稳定的恋爱。他们和厨师们组成了一个小团体，打烊后一起在吧台喝东西，或是去别处“续摊”。有时他们也邀请我，但我总借口得学习或是要早起而婉拒。其实是我跟他们合不来，跟他们在一起我总觉得无聊。我觉得他们都很没意思，和我没有任何共同语言，也不知道能聊什么。

“我还以为我是唯一过得不开心的人。”我笑着对桃乐丝说，“我和邓卡。”

“邓卡嘛……”桃乐丝眼睛瞟向一边，撇了撇嘴做了个意味深长的鬼脸。

邓卡也是夜班的服务员，和我一样也是学生。她的名字其实是丹卡，因为她是塞尔维亚-克罗地亚后裔，大鼻子，发色和肤色都偏红。她和妈妈一起住在阿普曼切[①]对面的一间公寓里，因而坐得起出租车能早早回到家。她是众人眼中的外国佬，大家都不明白她为什么要打工，我们这些迫于生计不得不工作的人对她自然怀着明显的敌意。再者，她实在不是一个讨人喜欢的人——爱大呼小叫，爱抱怨爱夸张。于是她经常受到糟糕的待遇，遇到不愉快的情况。

餐馆里的氛围总体上并不友好，或者说并不是对所有人都友好。夜班是个野蛮充满敌意的底层社会，不少服务员因为生物钟紊乱变得面容憔悴。鉴于薪水主要靠小费，同事之间的竞争残酷又不公平。在星期五餐厅里，小小的独裁使得跟迭戈关系好的服务员能分到最好的餐桌和最轻松的工作。这就是我口中的“过得不开心”。那是我头几份正经的工作之一，可能夸张了一点，但我记得有好多次我因为不堪重负跑到员工卫生间的小隔间里偷偷哭。唯一的安慰是这些磨难都只是暂时的。我当时正读大一，正

① 阿普曼切是智利首都圣地亚哥最繁华的商业中心之一，属于黄金地段。

式的工作还是很遥远的事情。正因如此我开始冒出了申请诗歌创作奖学金的念头——我们专业的一位男生轻松得拿到了这个奖学金，这样我就能远离星期五餐厅，远离任何工作。我想我从未像当时那样渴望成为诗人。

“可怜的邓卡……”我笑着加了一句。

如果说我过得不开心，那和邓卡比起来根本不值得一提。不是说她分到的桌子和任务，而是人们对她当面冷嘲热讽。更糟糕的是不知出于什么原因，邓卡偏偏想和经常看不起她的所有人都成为朋友。她几乎是求着大家邀请她参加下班后狂欢派对。

“为什么说她可怜？”

“你说得没错。最后她还不是把大家都整惨了。她不像我们以为的那么愚蠢。”

桃乐丝微微一笑。

“最后”发生的事是指迭戈和另一位女服务员被炒了鱿鱼，而且分文未得。

迭戈四十来岁，和妻子分居，满嘴脏话。他长得不帅，但很有魅力。他有个十岁的儿子，儿子的岁数和他在星期五餐厅工作的年限基本相当。他从厨房干起，一路爬到夜班经理的位置。他的管理说不上公正，但他靠着给大家在餐厅彻夜狂欢的机会赢得了大家的好感。每当这时大家都可以免费畅饮畅食，这一切显然是背着经理的。

他生日的那天组织了一场特别庆祝会。那是一场真正的派对，连日班的服务员都受到了邀请。那天我恰好休息，因此连借口都不用编造。邓卡上班，但不在受邀之列。因此当其他人放着音乐、在吧台上摆上一瓶瓶尊尼获加时，她却打扫完卫生间准备回家。

派对进行到一半，大约凌晨三点，大家都喝得半醉，总经理出现了。他收到了一封邮件。

“你记得当时气氛有多沉重吗?”我记得那几天特别漫长，气氛剑拔弩张。经理着重询问了每个夜班的员工，威胁我们如果不提供这一不规矩行为的细节就进行大范围辞退；因为据邮件称，这一离经叛道之举由来已久。

“有点印象。”桃乐丝说。她侧着身子坐着，跷起了二郎腿。

“幸好没问到我，因为厨房里的人已经什么都招了。”

的确，不用面临左右为难的局面着实让我松了一口气，尤其是因为迭戈的离开并不让我难过，而是恰恰相反。对我来说更好的情况是新来一位没有任何旧交情的经理，从而更公平地分配桌子和任务。

“哦，是吗?”桃乐丝装得兴致勃勃。

服务员来上菜了，他把盘子摆到桌上，简单招呼了一句：

“用餐愉快。”

经理没有透露发邮件者的姓名，但所有人都把目光集中到了邓卡身上，从而造成了不少令人叹息的场面：她的打卡记录表上被人写上“贱人”和“叛徒婊子”，卫生间里传出争吵和尖叫声，还有人威胁要揍她。重重压力逼得邓卡请了几个星期的假，但她回来上班时敌意并未消除，最后她不得不辞职。

“邓卡也的确有理由这么做，”我说，“我甚至有点羡慕她。”

我一边用叉子卷起意大利宽面一边总结道。

“你羡慕她？”桃乐丝问。

我迅速嚼了几口咽下面条。

“或者说，她做了我一直没有勇气做的事。我并不是说那些夜间派对不好……考虑到我们下班的时间、薪水、糟糕的条件等所有这些，大家至少能借此机会放松片刻。我一直以来的观点都是员工要以某种方式向企业进行妥协，以便稍稍获得平衡。问题出在迭戈身上，他明明自身难保，还不公正地对待他人。最后总会有人收拾他的，不是吗？生活中的一切都需要付出相应的代价。”我自以为无所不知。

“生活中的一切都需要付出相应的代价……”桃乐丝重复我这句话，她身体前倾，将手肘撑在桌子上，用叉子指向我，看着我的眼睛说：“你真的以为邓卡有胆子做这种事吗？”

“不然还会是谁？”

她又向后靠回椅背上，双手交叉。

“这么说吧，”她睁大眼睛，“邓卡不是唯一要收拾迭戈的女人……”她的话说了半截，然后歪着头咬着嘴唇。

“什么？是你？你发的邮件？”

桃乐丝微笑着默认。

“你在跟我说笑吧？”我哈哈大笑。

她向我回以洋洋自得的神情。

“可是为什么呢？怎么会呢？你为什么要这么做？”我惊讶得嚷嚷起来。

“姑且就说是为了报复吧，”她平静地解释，“你记得那时候我和迭戈在约会吧？”

“记得，所以我才不明白为什么……”

“迭戈确实如你所说，‘不公正’，但不仅仅是在工作上。”她的语气故作神秘，说完还沉默了一会儿。

“到底发生了什么事？”我追问，“他最后被开除而且分文未得，你也有可能丢了工作，大家都有可能。你不在乎吗？”我竭力让自己听起来没有评头论足的语气。

“其他人不会被开除的，经理当时那么说是为了给大家点压力。你真的以为他们会让餐馆突然之间没有任何员工上夜班招待客人吗？”

“不会。可是……”

“你还记得丽赛特吗？”她打断了我，“她是上午间班的。”

“不太记得了。”

“好吧。事情是这样的：有一天迭戈突然跟我说他想和前妻重新尝试一次，说要给他们最后一次机会。他还解释说不是为了他自己，而是为了儿子，为了给他一个完整的家。我的心都碎了，但我表现得很理解他，还叫他别担心，我会在原地守候他支持他的一切决定……可事实上，就在他生日前不久，我得知他几个月前就搭上了丽赛特。什么跟妻子破镜重圆根本是说瞎话。”

她稍作停顿，呷了一口啤酒接着说：

“我自然是感觉糟透了。我很痛苦，以泪洗面。但我也很愤怒，非常愤怒，我不愿意干坐着等待世界来收拾他。”她的语气很勾人。

桃乐丝坚定地望着我，我看向她的眼神中则满是讶异与钦佩。我像个乡巴佬一样钦佩她的勇气和计划的智慧。不过桃乐丝既不是乡巴佬也算不上正义侠士，她扮演的角色令人难以置信地复杂。

“还有别人知道吗？”

“没了。这是我的秘密。”

我喝下一大口啤酒，环视四周寻找星期五餐厅遗留下来的痕迹。所有那些我从不放在眼里的人重新浮现在我脑海中，成为了记忆中的主角：有邓卡被恐惧淹没的双眼，有迭戈无奈和忧伤的眼神，甚至包括迭戈十岁的儿子迎来失业回家的父亲的画面，虽然我从未亲眼见过他。在这一张张面孔之上又浮现出桃乐丝冷若冰霜的脸。当初一切发生时，她没有随大流加入怀疑邓卡的行列，我试图回忆起她当时的表现和反应。是烦恼还是害怕？疲惫还是伤心？沉默寡言疑虑重重还是眼中闪着胜利的荣光？我有些不愿相信她居然能发出那封邮件，策划整件事，承受可能的后果意味着的压力。

“你知道最有意思的是什么吗？”桃乐丝的话打断了我的思绪，“是这一切多亏你。你扮演了非常重要的角色。”

我疑惑不解地望着她。

“还记得你借给我的那本书吗？”

“什么？”

“你还记得那时你总是跟我聊书，我有时候会跟你借来看吗？”

我说记得，但其实不记得曾借书给她，更不记得她向我借过书。

“我不太记得书名了。你说篇幅很短，读起来很快，但我差不多过了一年才还给你，因为我看书实在是很慢。还有那部你非要我看的奇怪的韩国电影。你还记得吗？你给我刻了一张 DVD，我跟你说我一点也不喜欢，根本看不下去。”她停下又喝了一口啤酒。“这么看来最后我还是喜欢的，书和电影都喜欢。我也不知道该怎么说，书和电影的主题都是复仇，当时一切发生的时候我刚好在看那本书……从某种程度上我是受了它们的影响，或者说它们至少让我释放怒火听从心声。你明白吗？”

“是的，我懂你意思。”尽管我觉得她曲解了我的本意，但我确实懂她。

我终于理解了她。我明白了自己过去有多低估她，是怎样高高在上地俯视她，认为她天真忠厚、冷漠怯懦。

吃完甜点，我们相拥告别，约定今后多见面，比如她儿子过生日或是有好电影上映的时候。但从此之后我们再也没有聊过天，并不是因为桃乐丝坦白的秘密，我想是因为双方都认为再也没有将我们联系起来的纽带了。我们的友谊应景而生，尽管这并没有削弱我们的真诚。这就好像消防员之间的感情，在特定的时候他们可以为彼此献出生命，过后一起去喝上两杯啤酒，但这并不意味着他们会一起跨年或是有许多共同点。或许我们之间唯一悬而未决的就是那桩往事，而在我们最后那次重逢之后，它也成为了“旧时光”里的一则趣闻。

那天下午，我从高尔夫区一直走到意大利广场。我匆匆沿着伊希多拉·戈耶内切亚大道步行，寻找通向位于马波丘河边的一座公园的路口。一路上我看到一位年轻的牧师，一个用仪器寻找金属的女人，一个肩上扛着吉他的男人，还有一个文在女人手臂上、最前端是只手表的纹身。任何一个我碰见的人在我看来都是光怪陆离、意义非凡。我感到深深的触动，不是因为桃乐丝讲述的事件本身，而是因为它其实是一个非常完美的隐喻。这是最近这段时间、在二十五岁这个年纪不断在我身上发生的事情：醒悟。我觉得自己像一个刚刚开始明白世界是如何运转、轻信他人、洁白无瑕的受害者。我想在那之后连续几天我的眼神都是空洞而天真，面对这个世界嘲讽的微笑，我伤心欲绝。

然后我又想起了几件别的事情。

尤其是这一件。

事情发生时，我在星期五餐厅工作快一年半了。那是一个寻常的工作日，轮到我招待一对美国老人。他们应该已经年过花甲，看起来是夫妻，很可爱也很健谈。后来丈夫站起身来请我给他指一下去卫生间的路，我说我带他过去。我们走到饭厅的时候老头抓住我的手。我吃了一惊，下意识地看向我们的手，我当时一定是仔细端详了他的手，因为我现在依然记得他的无名指上戴着一个镶嵌着蓝宝石的巨大的戒指，而他手上的皮肤虽然布满皱纹却柔软细腻。我又惊又气又伤心，但依然任由他抓着我的手。我这么做是为了小费，因为他是美国佬，美国佬给小费十分慷慨。就在我看着他的手覆盖住我的手时那短短的瞬间，我想的却是如果我表现出不快，就拿不到丰厚的小费了。于是我就为了金钱而由着一个老头握着我的手。

这听起来似乎很可笑，但我从来没告诉过任何人。那天我原本可以讲给桃乐丝听，作为弥补寻找共鸣，但我没有。并不是因为我对此感到羞耻——这确实是我从来没有和别人分享这个秘密的原因，而仅仅是因为我当时没想起来。我不记得了。我想人生就是这样吧，人并不是单纯，而是学会了自欺欺人，甚至欺骗自己到了真的忘却的地步，直到有一天你的所作所为突然回转身来从背后给你一击。至少这是我此刻又一次漫无目的地闲逛时的想法，我必须牢牢把握住这一条，因为我不想再重蹈覆辙，最后聪明反被聪明误。

莱　卡

何塞法从一个短暂的梦中醒了过来。有个人正在黑暗中摇着她的肩膀，动作坚定而温柔。那人轻轻叫着她的名字："何塞法，何塞法，醒一醒。""你好，费德。"她用有些慵懒的声音回答道。"你好，何塞法。"他回了一句。她几乎看不清他的脸，于是伸出手去想看看他是不是真的在那儿，他抓住了她的手，在手背上吻了一下。咱们到沙滩上去看飞碟吧，费德说道。我很困，她这样做了回答。现在她已经能在黑暗的房间中看到他了，这让她很开心，她的眼睛已经适应了黑暗，就像猫咪一样。走吧小姑娘，费德坚持道，他说的事情让她觉得有点害怕。费德的眼睛亮亮的，就像满是飞碟的夜空。我害怕，何塞法说道。没事儿的，飞碟就和星星一样，什么危险都没有，他安抚着她，而且有我保护你嘛。她的妈妈曾经给她说过要好好和费德玩，因为阿根廷人总是帮助他们智利人。何塞法不想违背妈妈的意愿，不想让妈妈不开心。最近她顶撞了妈妈好几次了，妈妈不喜欢她再顶撞自己了。她不能再让妈妈失望了。

我能带着我的小铲子吗？何塞法问道，她依然有些犹豫。那不是一把塑料玩具铲，而是把真正的铲子，一把妈妈用来做园艺的铁铲，是她求妈妈允许她在假期旅行时带在身边的。那是一件大人们用的工具。何塞法总是梦想着能快点儿长大，最好是在某一天醒来后忽然发现自己变成了大人，然后她就可以去做一切只有大人才能做的事情了，或是那些她认为的只有大人才能做的事情，例如拥有一把小铁铲而不是小塑料铲。

当然可以，费德微笑着说道，你永远都不知道自己什么时候会需要一把铲子。

何塞法指了指铁铲的位置。他把她身上的被子掀了起来，从桌子上抓起铲子，然后跪在她的身前，把铁铲高举过头顶，就像是在献给她一把宝剑。何塞法笑着把铲子接了过来，紧紧握着它。你看吧，我就是游侠骑士，费德边说着，边把一条毛毯裹在了她身上，然后把她抱了起来，在黑暗中掂了几下。

天还没亮，这个时间的沙滩看上去就像是片沙漠。费德说要是想观测得更清楚点，他们就得尽量找个远离人群的地方。他沿着海边的岩石穿行寻找着，终于在几块大石头中间找到了一小片沙滩。就和往海边走时一样摇摇晃晃的，何塞法看到了满天星辰下费德的轮廓。他依然抱着她，坐在了那片沙滩上，抬起头来望向天空。

费德的这个动作保持了好几分钟，他一句话也没说，像是在思考着什么，还有点严肃，好像是准备着给她做出什么科学的官方解释来。要不是因为冷，何塞法可能早就在这段时间里睡过去了。

你瞧，费德突然说道。他用食指向上指着天空中缓慢滑动的一颗亮球。何塞法把铲子抓得更紧了，还把它抱到了胸前，她开始发抖了，只不过不是因为害怕飞碟，而是因为冷。费德点了一支烟。何塞法，他很严肃地说道，我是不会骗你的。我特别希望咱们两个能一起看看它，但那不是飞碟，而是一颗卫星。你看看它移动的样子。那是颗绕着地球转的人造卫星。还有很多颗类似的人造卫星。有的很旧了，甚至已经无法工作了，但还是毫无意义地转动着。人们管它们叫太空垃圾。那边还有一颗，你看到了吗？何塞法看到了。它们就像莱卡一样吗？她指着天空问道。哎呀！费德有些激动，你知道莱卡！我早就说过你不只是个漂亮的小姑娘。他吻了她的鼻子一下，她闻到了烟草的味道。何塞法害羞地笑了。她知道莱卡是因为她经常听妈妈唱美卡诺乐队①的那首歌。她喜欢那首歌。她觉得那歌很神秘，她在听的时候生出了许多问题。莱卡到底是做什么的？她现在在哪儿呢？她觉得莱卡肯定很有名气，因为甚至有歌是专门写给她的。有许多事情使她感觉很神秘，这个世界上有太多人们不清楚也不理解的秘密了：百慕大三角区里消失的飞机和轮船、埃及金字塔、玛雅人和恐龙的消失……火。蚂蚁。毒不死也用枪打不死的拉斯普廷。玛丽莲·梦露之死。迈克尔·杰克逊的肤色。何塞法相信等到她死后上了天堂，上帝或者是负责她的天使肯定会为她一一揭开这些谜团，她有时候迫切地想知道这些事件的真相是什么，甚至到了想死的程度，当然只是死一小会儿。

---

① 美卡诺乐队（Mecano），西班牙最著名的流行乐队之一。此处提到的歌曲为该乐队为第一个上太空的地球生物小狗莱卡创作的《莱卡抒情诗》（*Laika Lyrics*）。

你知道把莱卡送进太空的那艘飞船叫什么名字吗？费德吐了个烟圈，问道。

何塞法摇了摇头。她很担心费德会发现自己其实对莱卡并不是很了解。

在幼儿园里，老师曾经有一次问谁会画星星。小朋友中只有何塞法举起了手，她面带微笑，骄傲地走到了黑板跟前，用粉笔画了个带有尖刺的圆圈。其他的小孩子都笑了起来，还喊叫着说那不是星星，何塞法又看了看黑板，她发现他们说的是真的，她画出来的东西确实和自己在脑子里想象出来的星星不一样，那不是星星。那天下午，她在毛里西奥家哭了。毛里西奥是一位女邻居的儿子，他负责在每天下午照看何塞法。他安慰何塞法说那并不是啥大事，说自己可以教她最简单的画星星方法。首先要画一个倒过来的 V，然后朝着左上方画一条直线，再朝着右上方画一条直线，最后用一条平线把两端连接起来。何塞法自己画了一次。你看吧？毛里西奥说，你还可以连笔都不抬起来。那又是另一个让何塞法着急想长大的原因。如果她不仅会画星星，还会做大人们都会做的其他事情的话，就再也没人能嘲笑她了。

斯普特尼克 2 号，是一艘苏联飞船，费德说道。他为自己知道这些而感到骄傲。莱卡是一条小狗，一条流浪狗。它的真名叫库特力亚夫卡，它是从苏联人挑选训练的狗里面脱颖而出的。它成为了第一个进入太空的生物，不过七个小时后就变成了第一个死在太空轨道中的生物。

何塞法听到莱卡已经死了的消息感到很不开心。事实上，认为莱卡依然活着的想法本来就挺愚蠢的，因为它可是被送进太空了啊，不过何塞法一直就是那样认为的，就像歌里面唱的那样，莱卡通过火箭的窗户望着那颗彩色的星球，地球。

人们在列宁纪念碑旁立起了一座宇宙征服者纪念碑，碑身上刻有一句诗："我们锻造了天空的翅膀。"当然不是用西班牙语写的，而是用俄语写的。比起美国人来，我更喜欢俄国人，你呢?

和刚才一样半缩在费德胳膊里的何塞法说了声"俄国人"，虽然她并不知道这三个字是什么意思，而且她说话的声音很小，好像她压根就没有开口说话似的。

费德懂的可真多啊，她想道。就和毛里西奥一样。虽然他俩懂的东西不太一样。毛里西奥很熟悉超级英雄们的故事。她喜欢费德，也喜欢毛里西奥。但是毛里西奥不会像费德这样抱她。事实上毛里西奥几乎从没抱过她，他更喜欢拉起她的手，用他的手把它们贴在她的脸颊上，然后说"你为什么要自己打自己啊?"或者是来挠痒她，直到她受不了为止。有一次她没忍住尿了裤子，毛里西奥一直笑了差不多两个小时，直笑到她羞得哭了起来，于是他让她到卫生间去把尿湿的裤子脱下来，他帮她把裤子洗了，然后放在暖气片上烘干。就这样，等到妈妈晚上来接她的时候，毛里西奥什么也没说，没有告状说她尿了裤子。

我想学天文学。我今年高中毕业，但是学习不好。天文学超级难学，他们没收我，费德有些后悔地说道。

好吧，看来咱们今天是看不到飞碟了。

哈！何塞法笑了一声。

你笑什么啊？小姑娘，你是在嘲笑我吗？费德开着玩笑说道。来，站起来，让我看看你到我哪儿，你大概连我膝盖高都没有。

小狗，何塞法心里想着，又笑了起来。

费德把烟扔到了沙子上。

猪！何塞法自信地说道。

什么猪！你说谁是猪？他让她从自己的胳膊里滚落到沙地上，他拿走铁铲，插到了身后的沙子里，然后把手放在何塞法的腋下把她托了起来，让她站到了自己面前。

好了，让我看看你，他边说着，边把手放到了她的下巴上，然后扯掉了裹在她身上的毛毯。

你喜欢我吗？他眯着眼睛问她，同时又把手放回到了她的下巴上。

何塞法目光下垂，盯着沙地，点了点头。

你有多喜欢我呀？从这儿到月球那么多吗？

她又点了点头。她感觉费德是这个世界上最漂亮的男孩子了，就像电视剧里面那些英俊的男主角一样，也很像老照片里爸爸年轻时那样，妈妈经常说爸爸年轻时是个大帅哥。

我喜欢你有从这儿到冥王星那么多，他接着说道。他用手抬起了何塞法的小脸，让她能看到他的眼睛。而且是一个来回加在一起那么多。

那么保拉呢？

保拉？哪个保拉？

住在新房子里的那个女孩。

她啥都不懂，和你不一样，你是知道太空的人。费德冲她挤了下一只眼睛。何塞法感觉自己无比幸福。

而且她也不会接吻，但是你会。

小姑娘的脸上焕发出了光彩。没错，她确实会。

你经常吻别人吗？

她激动地点了点头。

电视里面经常会出现亲吻的镜头。她曾经和爸爸妈妈演练过，嘴里发出声音，把脑袋来回摇晃，就像电视里的人物做的那样。

费德慢慢靠近她，用双手捧着小姑娘的脑袋。他的呼吸有些急促。他闭上了眼睛，把自己的嘴唇贴到了何塞法的嘴唇上，何塞法有些紧张地眨着眼睛。她刚要准备摇晃脑袋，突然感觉一个柔软、湿润又冰凉的东西伸到了自己的嘴巴里。她依旧眨着眼睛，不知道该怎么做了，伸进来的舌头带给她的惊讶感让她全身都僵硬了起来。这部分她是不会的，因为电视里从来没有演过。

费德把头移开了。

嗯嗯，他有些失望地哼了几声。你还得再练练。何塞法低下了头，她觉得自己就快哭出来了。

不，小姑娘，你别这样，他边说着边用手指抬起了她的头。像你这样的年纪能做到这种程度已经很不错了。何塞法轻松了下来，笑了。而且我还可以教你。你需要模仿我在嘴里做的动作。这样的话等到我们结婚的时候你就会变成接吻专家了。她又把眼睛睁得大大的，好像盘子那么大。

因为……你是想和我结婚的，是吗？

何塞法飞快地点着头。

费德拉开了自己胸前衣服上的拉链。

你喜欢吗？费德给她展示着自己脖子上挂着的金太阳项链。这就是我们的定情信物了。他把项链从脖子上取了下来。等到你满十八岁了，我就会来智利找你，然后咱们就结婚。他又吻了她一下，但是这次只是一个轻轻的吻，并没有用到舌头。一个轻轻的吻，就像爸爸妈妈亲吻时那样。何塞法知道有许多小孩看到父母接吻会感到恶心，但她不是那样，而且她的爸妈大多数时候都是这样接吻的：轻轻地，头也不会摇动，就好像他们接吻时也会害羞。

何塞法把金太阳捧在手里，看得有些入了迷，然后挺起了胸脯，好让它闪得更亮一些。

现在就差在大海里完成约定了，费德盯着海岸线说道。他把何塞法的鬈发用松紧带扎了起来。我可不想你在假期里感冒发烧，所以不能让你湿着头发睡觉，他微笑着说了一句，然后就开始给她脱衣服。首先是睡衣上衣。睡衣是黄色的，那是她最喜欢的颜色，上面还绣着一只手里拿着半根雪糕的大象。然后是袜子，最后是睡裤。

何塞法的脸羞得红红的，她把头缩在胸前，金太阳陷进了胸沟里，她的整个人似乎都陷了进去。

她全裸着站在费德面前，何塞法又有了害羞的感觉，但是和她在教室里看到自己画的星星时的那种羞耻感不一样。更像是她在学校里打疫苗时的那种感觉。她和其他小朋友一起排着队，有些害怕，因为她觉得当她把校服上衣掀开的时候同学们会看到她半光着身子的样子，她对自己要做的事情感到有些焦虑。终于轮到她的时候，她反倒有些失落，因为护士只是卷起了她的衣袖，卷到了胳膊上方。

这块小面包是我的，费德摸着何塞法微微隆起的小肚子说道。他吻了她的肚脐，然后慢慢向上吻着。他吻了她的小奶头一下，这次用上了舌头，而当他的嘴最终离开她的皮肤的时候，何塞法看到了一条闪闪发亮的口水印记，就是它把她的身体和费德的嘴唇连接了起来，就像蜘蛛丝一样。她的身上打了一个寒颤，就像妈妈在给她编辫子的过程中无意中扯掉了几根头发带给她的感觉一样。

费德把她拉近了过来，用力抱住了她，就像舔邮票那样开始用舌头舔她的脖子。你身上有防晒霜的味道，有沙滩的味道。

他快速脱掉了自己的裤子、背心、上衣和内裤。何塞法盯着他的身体看，他的皮肤并不黑，她看到了他的下体，此刻它正直直地指着大海，就像指南针一样。她之前从没亲眼见过男生的下体，这给她留下了极为深刻的印象。从那天开始，那就成了那个部位在她心中的第一印象，又硬又挺，不像爸爸的那根，又软又垂。她是在那之后才看到爸爸的那个的，那次她走近卫生间，惊讶地撞见了刚洗完澡、还光着身子的爸爸。她的心情难以平复，她觉得费德下体上的东西就像是妈妈打扫落在院子地上的花瓣时所用扫帚的把儿。她就像在无聊的课堂上盯着戴在左手的手表上的指针转动一样看入了迷。

两人手牵着手，向大海走去。何塞法觉得他们就像是自己在儿童版《圣经》里读到的亚当和夏娃一样。她每天晚上都会读那本书，她最喜欢的是参孙和达丽拉的故事，因为那则故事最浪漫。

走向大海的过程中，她回过头来望了望两人的足迹。在干沙子上留下的足印不是很深，也不太清晰。而在湿沙子上留下的足印就更清晰了，能很清楚地看出两人脚的大小。所有的足印都保持不了太久，很快就又变成了平整的沙地，有的快一点，有的慢一点，但足印终究会消失。何塞法盯着那些脚印，知道自己和费德一起度过的这段时光是真实的。她总是会突然清晰地回忆起某些儿时发生的事情，有的就像是虚幻的梦境，这曾给她带来过不小的困惑。在众多的回忆中，有两件事是最令她难以忘怀的。第一件是她和妈妈单独在家时发生的，那是一个晚上，她突然被一些奇怪的响声吵醒了，然后她就叫醒了妈妈。两个人一起朝客厅走去，她们在黑暗中看到了那些贼。他们在躲藏着：弓着身子躲在饭桌下面、藏在椅子和加热器后方。一共大概有四个小偷，何塞法还记得他们穿着黑色衣服的身体轮廓，他们连嘴巴都用高高的领子遮着，那场景就像是小孩子们在玩捉迷藏游戏。另一件事发生在某个下午，当时爸爸和她在一起。她不记得他们在做些什么了，但是在某个时刻爸爸突然说他有让自己消失的超能力，然后就朝卧室跑了过去，她紧跟着他跑了起来，但等到她跑进房间后，他却已经不在里面了。她到处找他，还找遍了家里的其他房间，但就是没找到爸爸。于是她坐到了镜子前面。当她看着镜中的自己、在镜面上沿着自己的轮廓画线的时候，她得出了一个结论：爸爸肯定是吃了一片缩小药丸，然后藏了起来。这些记忆在她的脑海中显得无比清晰，甚至比那些千真万确曾发生过的事情还要清晰。在她慢慢长大的过程中，很多事情都变得不再真实了，现在只要是不合常理或不可思议的事情，她就会强迫自己不要去回忆它们。

但是那些足印就在那里，两个人，两行足迹。有的被风吹散了，有的被海水淹没了。它们不会永存，它们终将被遗忘，就和世间万物一样，但这也使它们变得愈加真实了。

他们一直走到海水没过他胸口的地方，让自己的身子随着海水的节奏摆动着。他从背后抱着她，把脸贴在她的脖子上，就像刚刚围绕在他们周围的岩石上趴着的那些软体动物一样。我爱上你了，他不断重复着这句话，我因你而疯狂。

何塞法坚定地望着地平线。她觉得海洋和天空在黑暗中融为一体了，就像《创世记》里面描写的世界那样，好像神还没有用空气把水分为上下两层。

海洋和天空在黑暗中结合为一体，飞碟可能在天上，也可能在水下，飞翔和漂浮变成了同一回事。

最后假期

我现在要讲的是关于我童年时期最后一个夏天的故事，或者说要讲的是我对自己童年的理解，这些描述都是在一种本能而非刻意的状态中进行的，那个夏天之后，我的人生发生了改变，甚至可以说是出现了决定性的变化。在我哥哥失去他的左脚之前我就搬去和妈妈一起住了，我从中学辍学了，之后发生的一切都牵引着我的人生，使它成为早就注定要成为的那副样子。而这也是我身边所有的人都早就预料到的——而且他们早就料到了事情不会往好的方向发展，但是不管怎么说，这条路是我自己选择的，所以来讲讲那个暑假中发生的事情对我来说是有意义的。我认为恰恰是那些事情在很大程度上，当然也是在无意中，促使我做出了决定。

我说的是2010年的暑假，那时我只有十岁。那个暑假是在拉塞雷纳①度过的，维罗妮卡姨妈领着我，同行的还有她的两个女儿，卡米拉和哈维埃拉。

拉塞雷纳——现在回想起自己在那里度过的日子，我惊觉对

① 拉塞雷纳（La Serena），智利北部城市。

于那座城市而言这个名字真是再恰当不过了[①]。提到那里，浮现在我眼前的第一个画面就是我穿着短裤漂浮在海水里的场景，那是我到当时为止接触过的最温暖的海水了，我在水里欣赏着天空和缓慢移动的云彩。宁静，就和其他有类似意思的单词一样，它在我生活的词典里只不过意味着一片空白。

在那个夏天之前，我的童年一直是在居无定所的状态中度过的，有时候住在妈妈那里，有时候又会住在外婆家里。妈妈在基利库拉区的帕里纳科塔居民区那众多狭小的安置房中有一间属于自己的房屋，那是她用十五万比索从政府手里换来的，但是那片区域既没有水也不卖吃的；人们在那片居民区被荒废后的几个星期时间里就把那儿洗劫一空了，甚至连水管都没放过。所以我和妈妈只会在吃饱了饭也不需要洗澡的时候才去那边过夜，其他时间则都待在外婆家里。每个周末和每次妈妈行踪不明的时候我也会到外婆家去。有时候我和哥哥一起去，他叫毛里，但多数情况都是我一个人去，因为哥哥也经常会不知去向。我叫外婆"妈咪"，用"妈妈"称呼我妈，我也是用类似的方式称呼外公和爸爸的，虽然从我还是个婴儿起我就再也没见过爸爸了，甚至可以

---

① 这句话在此处有两种理解方法：该城市的名字 La Serena 在西班牙语中有"美人鱼，女水妖"的意思。在希腊神话中，海妖常唱着优美而蛊惑人心的歌曲，用歌声迷惑航海者将船只撞上礁石而船毁人亡。在这则故事的叙述者看来，在拉塞雷纳度过的愉快暑假恰恰是其不幸人生的开始；此外，若将该城市的名字理解为形容词 sereno，则在西班牙语中有"安静的，宁静的"之意，又与下文的"宁静"（原文为 serenidad）一词相呼应。

说我压根就不认识他。

妈妈和妈咪都很爱我，但她们都是很严厉的女人。你甚至想象不出她们小声说话会是什么样子。外婆有点胖，长得有点像土耳其人。她在集市上卖了一辈子东西，到老了却开始信教了。她总是用“这女人”或“那个笨蛋”来称呼我妈妈，还说她是“罪有应得”，却从来不说妈妈到底有什么罪过。外婆喜欢把自己怀孕的故事看作某种不幸的预兆：她当时已经生了五个孩子了，而且她的年纪已经不适合再怀孕了，但是她为了拔掉智齿而吞下的抗菌药物消除了她服用的避孕药的药效，于是她又一次怀了孕。

我妈妈叫卡伦，皮肤有些黑，长着一头黑色鬈发，眼睛很像中国人。她身形瘦削，面部的皮肤却皱皱的，还长了很多斑，这些让她看起来就像是个五十多岁的女人，虽然实际上她才刚过三十岁。外婆说妈妈虽然过得不好，但是她没有抱怨的资格。妈妈十七岁就结婚了，生过两个孩子，但是她抛下了他们，后来她遇到了我爸爸，然后就有了我。如今，尽管她也会在小本子上记些东西，但我并不觉得她是个严谨的女人，她是个对什么事都满不在乎的人，只会按照自己的节奏熬日子。

从外表上看我长得很像妈妈，我比她长得还像中国人，跟我这个年龄的所有小朋友一样，我也觉得自己的成长会受到妈妈以及她的生活的影响。不过我和外婆不同，我并不觉得我们的生活是罪有应得。在我眼里，妈妈和我的家庭生活非常普通。我觉得她不出去工作、连续好几天见不到她、看到她喝得酩酊大醉又或是看她大吼着和外婆吵架是再正常不过的事情了。哥哥在学校里学习很差，既不会读书也不会写字，还进过少年管教所，这些事我觉得也很正常。我既不困惑，也没有被抛弃的感觉，我无非就是有点其他小朋友在圣诞节那天没有收到自己想要的礼物时的那种感觉罢了。但是我觉得在妈妈的姐姐维罗妮卡姨妈眼里，我是一个很脆弱的小男孩。可能她坚持要带着我去拉塞雷纳度假也是为了要补偿我吧。

我们来到了城北三十公里远的拉斯利希塔斯宿营地，那里四周几乎全都是岩石和沙丘。她们挑了冲着海边的一块空地来搭建带来的三个帐篷，两个睡觉用，一个吃饭用。我原本以为她们特别喜欢露营，但实际并非如此，她们只是能够也更愿意花这份钱在离大海只有几步远的地方度过整整一个月时间。我们到达的那天，她们三个负责搭建帐篷，而我就独自在沙滩上玩。我连上衣都没穿，只穿着短裤在沙滩上跑来跑去，就是为了赶快感受一下她们一路上提了无数次的大海。我发现她们似乎不太喜欢我只穿着短裤乱跑，不过还是任着我的性子来了。我确信她们肯定觉得我像是只受伤的小动物，需要得到呵护。我对她们三个有些陌生感，但她们却好像知道我许多事，例如我是谁、我从哪里来。

在旅途中我只有几个小时是清醒的，因为姨妈喜欢在白天赶路，所以我们每天早晨五点钟就会上路，不过在我醒着的时间里我总能把她们逗乐，大概因为我对于她们而言也算是个挺新鲜的存在吧。姨妈负责开车，卡米拉坐在副驾驶的位子上，哈维埃拉和我坐在后排。我挪到后排座位的中间，跟她们说话的时候偶尔还会夹杂几个非洲法语的词汇，那是我从海地邻居们那里学来的。她们夸我有趣，这是我想要的效果，但是没过多久姨妈就问我妈妈住的那栋公寓楼里是不是有很多外国人，过了几分钟她又问我那些外国邻居是不是很危险。她说她看过一个报道，里面提到说帕里纳科塔到处都是毒贩子。“基利库拉区危险吗？”我用怪腔调笑着问道。可能是想让她们更糊涂一点儿，我又说在那里没人理过我们，我们在那儿是“受人尊敬的”，为了结束这个笑谈我又举了我和妈妈逛超市的例子：每次我和妈妈以及毛里一起逛超市时，都会有保安跟着我们。姨妈变得严肃了起来。她把车速放慢，又把收音机音量也调低了。她说拿这种事开玩笑不好，说我们每个人都要努力做个体面人，要尽最大可能让自己体面些，还说她们三个都是体面人。我不知道该怎么回答，车子里的气氛突然凝重了起来，为了打破这种尴尬哈维埃拉开口问我想听收音机里的什么节目。“雷鬼乐！”，我激动地喊着，也是为了向她们表明我一点儿也没有不开心，同时也是在展示我依然有十足的自信。

维罗妮卡姨妈和我妈妈是截然相反的两种人。虽然她不是姐妹里的老大，但却是第一个结婚的人，她一结婚就搬出去住了，从此远离贫穷，并且尽可能地不和家里人接触，几年前她离婚了。她在一家银行工作，有一个特别漂亮的房子，又干净又舒适。姨妈长得很漂亮，皮肤很白，有一头金色鬈发。她看上去要比实际年龄小得多，看着比我妈还小。她从一开始就对我表现得很关心疼爱。我有点不太明白为什么她们要说我只带了一身换洗的衣服来度假是不行的，紧接着第二天就把我带去了拉塞雷纳的商场。姨妈给我买了几条短裤、几双袜子、两条牛仔裤、一件短袖衫、一件运动衣和一件格子衬衫。所有这些都是她选的。我们两个一大早就出发去商场了，在回程的路上，她问我是不是妈妈忘记给我收拾出门的东西了。我只能含含糊糊地回答了她。我说的有些是真的，有些则不是。实际上在这趟旅行开始前的几天妈妈就已经不见了，而那套我带来的衣服是我在外婆家唯一的一套衣服，而且是外婆给我收拾的行李。姨妈的语气很严肃，就像钟表指针一样死板，她经常这样跟我说话，她说如果我妈妈不能为我做这些的话，那么我就得学会自己来打理一切。她说我得学会对自己负责。我点了点头，表示我愿意接受这项挑战，然后姨妈的语气就软了下来，还问我喜不喜欢买来的新衣服。我只是对她说了谢谢，然后就转头朝车窗外望去。我们沿着公路行进，在公路上是看不到大海的，能看到的只有沙丘和几株看上去已经死掉了的植物。一路上的景色都没什么变化，四周非常安静，周围的环境似乎也像那些植物一样死掉了。这让我想起了我家的房子。我和妈妈住的地方也像这里一样荒芜，同样一点绿色都看不到，不一样的是那里到处都是人，像蚂蚁一样窸窸窣窣的，所以我从来没觉得我们住的地方已经死了。我还是不明白为什么衣服的事情会是一个问题。我穿着和带来的是我最喜爱的两件衣服了，我甚至都不想让大人们经常洗它们，一件是假阿迪达斯，另一件则是正品的彪马。这两件衣服都是妈妈给我带回来的，她自己也很喜欢穿运动衣。

虽然姨妈从没那么说过，但是她给我挑选衣服的时候心里想的可能一直都是“下等人”这个词。一整个夏天她都在不厌其烦地给我这个话多又调皮的小男孩帮助和建议，而尽管最开始的时候我表现得有些抵触，但后来也就自然而然地对此欣然接受了，可是在骨子里我是不相信这种没头没脑的关怀的，所以实际上我还是对姨妈有些抗拒。我是个挺有主见的人，我对自己的生活很满意，我并不觉得自己真的需要她的关心和帮助。

在那里的第一个晚上，因为我在沙滩上玩了一整天，姨妈命令我到露营地的浴室里洗澡。我觉得有点烦，但还是听话去洗了，可是一进浴室心里就不安了起来。我的心跳得很快，一种奇怪的恐惧感向我袭来。为了不让外婆抱怨我们浪费水和气，我总是和妈妈或是哥哥一起洗澡，有的时候则是三个人一起洗。一个人洗头的时候，另一个就负责搓身，我们还会用嘴吐水或是互相抹肥皂泡泡来玩。我们分享着那种贫穷带来的亲密感。但是那天晚上只有我一个人。浴室完全是给我一个人用的，我离妈妈和哥哥那么远，那可能是我这辈子第一次真正有了被抛弃的感觉。

我睡在一个搭成了A字形的旧帐篷里。尽管这个式样的帐篷已经过时了，而且两斜面设计的顶部也不太能抵挡得住海边的大风，但它完全满足任何一个小孩子对“露营”的想象。我和哈维埃拉睡在一个帐篷里，她是我最大的表姐，已经二十五岁了。我觉得她是她们三个里面最漂亮的。直到现在，她和那个A字形帐篷都是我对那段旅程的最美好的回忆。

我喜欢哈维埃拉，她在那一整个夏天里都是我学习的典范，就像我朋友们的兄长或是学校里的老师一样。我觉得她既漂亮又神秘。有一个词我当时没有想到，但是现在却觉得是用来描述她的最合适的词汇了：深沉。一种自内而外的深沉。她很瘦，身体线条不是很明显，皮肤有点苍白，眼睛是灰色的，而头发是黑色的，指甲则被涂成了海军蓝色，这颜色和她的气质很相称。她沉默且孤僻，给人以深不可测的感觉。

比起姨妈和卡米拉来，我更喜欢哈维埃拉，因为她是三个人里唯一一个对我要求没那么严格的人，至少不会表现得太明显。她妈妈和妹妹不停地讲经布道时，她也会感到有些厌烦，总会试着把我们引到别的话题上去。很明显她是个既不想给别人说教也不想让别人给她说教的人，这可能也是她看上去总是有点悲伤的原因。她被伤害过。我对这事仅有的一点了解来自外婆，她在某个下午曾经提到过哈维埃拉被一个负心汉抛弃了，还说她在六年之后“夹着尾巴”回到了家里。我当时并没有感到那个画面中有什么悲伤感，反而觉得挺有趣的，因为那让我想起了动画片《邻家小鬼》中的人物。

哈维埃拉是第一个征服了我的人。她有时候会抚摸我的头发，或是在我的脸颊上轻轻亲一口，这些动作会使我开心一整天，我第一次发现女孩子们确实是有某种魔力的。她以前肯定也是个多愁善感的女孩，但是现在她的身上只有悲伤。她的妈妈和妹妹离我们很近，她俩睡在同一个帐篷里，她们会聊到很晚才睡觉。哈维埃拉总是会望向她们帐篷的方向，就好像她们刚刚说了她的坏话。可能这也是我喜欢哈维埃拉的原因之一，她和我一样多疑。

她叫我尼古拉或是尼古莱，这是她正在读的契诃夫的短篇小说里主人公的名字。她问我知不知道我名字的含义，我自然是一无所知的，只好耸耸肩。“这名字很棒，”她说道，“她象征着民族的胜利。”她补充说她一直觉得契诃夫给他笔下的人物起这个名字是在讽刺沙皇，因为沙皇也是叫这个名字的，所以这个名字本身就带着些讽刺的意味。我又耸了耸肩，因为她说的我连一个字儿都不明白。她给我带了两本书来：《夏洛克·福尔摩斯探案集》和《伊索寓言》。那本寓言书里有图画，而且字很少，另一本则让我觉得是本真正的书，因为它有两百多页，却连一幅画都没有。哈维埃拉说她不知道我这个年龄的孩子读哪本书比较好，所以就把它们都带来了。姨妈坚持说应该给我买本《哈利·波特》带来，但是哈维埃拉却做了个恶心的表情——她是学文学的。

我俩约定到了晚上我就大声读书，而哈维埃拉则会给我五百比索。对我而言这真是太划算了，因为大人们通常只会给我五十比索或是十比索的硬币。哈维埃拉明白这个世界运转的规律，所以她总是和颜悦色地跟我说话。我想把这些钱都存起来，然后把一万比索装在袋子里带回圣地亚哥去。

第一天晚上，在哈维埃拉刷牙的时候，我捧起了那本寓言故事，当她洗漱完回来的时候我对她说我已经把书读完了。“整本书都读完了？”她有些惊讶地问道。我微笑着点了点头，给她展示着每则寓言后面配图上的总结箴言。“你太聪明了！”她说道，“你跳过了故事。”“因为图片上的这句话才是最重要的，”我解释道，“其他的字只是为了凑页数才被加进去的。”她笑了起来，对我说图片上的话是根据故事总结出来的，单独看那一句话是看不懂的。“但是我都懂啊。”我坚定地说道。“嗯嗯……其实我觉得这也不失为一种实用的读法……但是真正的读书不是这样……你得再多花点时间进去。”然后她打开了书，开始从头读给我听。

实用。我喜欢让自己当个有效率的小男孩。我觉得从某种意义上说我就是那样的小孩，我不喜欢把事情复杂化，那会使这个世界出现更多的问题。我要适应这个世界，我觉得适应才是最恰当的词汇。我不抱怨，我去适应。不过这也不是说我对一切都无所谓，或者说没什么事会影响到我。我只是会优先选择改变自己去适应新的状况，这让我觉得有安全感，就像外衣里面穿着的贴心小背心那样。“你很聪明啊，”哈维埃拉又对我说道，“小滑头。”这个称呼后来她还用了好多次。“投机取巧”，我知道她想说的是这个意思。

哈维埃拉改变了我和书籍之间的关系。以前我只是随便翻翻书，虽然学校里也有必读书目，而且每两个月更新一次，但和哈维埃拉一起读书是完全不同的感觉。在同龄人中，我的阅读能力很突出，至少和我的同学们相比较是这样。阅读对我而言很轻松，但我总是觉得读书有点无聊。因此在刚开始读哈维埃拉给我的书的时候，为了让阅读有趣起来，我会根据自己的想象模仿书中人物说话的语气来读，又或者是给句子配上某种旋律来唱着读。这也把哈维埃拉逗乐了，但是她说这还不够，所以她会在每次读完后提问我一些问题，但是她的问题我一个都答不上来，因为我除了萦绕在耳边的单词的声音之外压根什么都没记住。她说我得更加努力，把注意力放在理解文章的意思上。还说我要咀嚼每个句子，而不是浅尝辄止。事实上我听她的话并不是为了钱，而是因为哈维埃拉很在乎我，我不想让她失望。我希望她能继续把我当作聪明的小孩来看待。

那就是我迈向书籍的道路。可能不是很浪漫，但我猜测它是很多读者都走过的一条路：阅读始于挑战。学校里的必读书目对我而言没什么挑战性，但哈维埃拉带给我的两本书则着实意味着一场挑战。阅读就像是做拼图游戏，或是像夏洛克·福尔摩斯的冒险一样，在阅读的过程中当一个侦探。阅读中总会隐藏着些东西，一块缺失的拼图，你并非一定能找到它，甚至有可能它压根就不存在于书本中。

她的阅读方式并不十分符合教育学的要求。她总是会用各种问题对我进行轮番轰炸，总是问我故事中的这个或那个有什么象征意义，我实在想不通为什么一个东西指的不是字面上的意思而非要有什么其他的象征作用。我压力有点大，有点被吓到了，但还是得感谢哈维埃拉的这种监督方式，它让我逐渐喜欢上了在晚上进行阅读，甚至白天在沙滩上玩乐的时候我都会想着让太阳早点下山，想着哈维埃拉拿着灯靠近过来，然后我和她一起钻进帐篷。和她一起阅读让我有了某种感觉，很不一样的感觉，某种久违的亲密感。

现在我觉得哈维埃拉指引我阅读的方式其实也是一种劝诫，只不过不像姨妈那样，哈维埃拉的方式要更间接也更复杂。“箴言警句”，“推导结论”。看上去一切都很自然而然，但实际上没有什么东西是能从表面意思去理解的。教我阅读时，哈维埃拉从来没有对我说过“你这条路是错的，你得换条路试试”，而是说：“在阅读的世界里有许多条路，当你读到需要做出决定的时候，我希望你已经做好准备了。”我记得夏洛克·福尔摩斯也对华生说过类似的话，他很不喜欢后者把他那教科书般的表现当作是冒险故事。华生就和哈维埃拉一样，他知道有时候观察另一个人的生活要比靠记忆背诵一则数学公式更直接、也更有用得多。

不管怎么说吧，可能当时哈维埃拉监督我读书时并没有那么明确的目的性，那些都是我在读过许多书并且把那次假期当作重要的经验回忆过无数次后的现在才想到的。

我在晚上读书，哈维埃拉则在白天读书。

当姨妈到集市或是港口去买午饭食材而卡米拉还在帐篷里睡觉时，我和哈维埃拉就已经跑到沙滩上去了，那个时间的沙滩除了我们以外几乎一个人都没有。我穿着泳衣，还会带上浴巾和水桶，而哈维埃拉则会带上她的《故事精选》和香烟。

拉塞雷纳的清晨总是阴云密布的，周围的景物罩上了一层忧郁的灰白色。甚至连沙丘也是如此，在白天，那些沙丘在太阳的照射下就像是燃烧了起来，而在早晨却无精打采的。哈维埃拉背靠在一截半埋在沙子里的树干上读书，权且把它当遮阳伞来用。而我则在岸边观察着她，同时捡着贝壳，准备带回去当礼物送给妈妈和妈咪。她朝书本倾斜着身子，垂到书页上的长发就像帐篷一样把她和其他事物都隔离开了。

“一条狗。”一天早上，我指着脚边的一条毛茸茸的小狗叫道。

“一条狗，”她抬头朝我所在的方向看了一眼，盯着身上湿漉漉的正在发呆的我重复道，“就像狼和狗的寓言里的那条。”

“但是这条狗是自由的，因为它是条流浪狗。”我赶忙说道。我很想用一些睿智的评论来给她留下好印象。关于流浪狗的这句话我想了很久，从几天前第一次看到这条狗在附近转悠时就开始琢磨了。

“没错，我亲爱的尼古拉。”她微笑着说道。由于我再也没准备其他可以引起她注意的话，所以我们沉默了许久，然后她就继续读书了。

“你昨天为什么在哭啊？”我为了避免她又沉迷到书本中而突然问了这么一句。我想跟她说话，说什么都行，而那是涌上我心头的第一句话。

和平常不同，我前一天半夜被一些声响吵醒了。那天晚上除了有巨大的雷声，我还听到了一阵啜泣声，但是它听上去就和大海的波涛声一样深沉。

哈维埃拉脸红了，低下了头。

“是因为垫子吗？”我睡在一个很舒适的充气床垫上，而她睡的垫子已经很旧了，几乎和睡在地面上没什么区别。“如果你愿意的话我们可以换垫子睡。”尽管我认为她并不是因为床垫才哭的，但我还是提出了这样的方案。

“不，”她有点害羞又有点悲伤，但还是笑着答道，“不是因为垫子。你别担心，不是什么大事。”

我们又都沉默了，直到姨妈喊我们说午饭准备好了我们才回过神来。不过那种沉默并没有使我们感觉不舒服。那是我们共同分担的沉默，是亲密的沉默，没有犹疑不定的目光，是那种只有在共同分享了某个秘密后才会出现的沉默。

“你要准备准备，今年要进一所好学校，不要离家太远，但是学校得好。例如巴拉圭共和国学校，那里从幼儿园开始就开设英语课了……再过几年，等你上了七年级，你就再转到更好的学校去上学，拉斯塔利亚中学啊，国立学院啊……进了那里你就离上大学不远了。”维罗妮卡姨妈在我们晚上一起往露营地走的路上规划着我的未来。

我们是从瑞士中心往回走的，那是一家大型娱乐中心，里面有台球桌、弹珠机和电子游戏机，位于离露营地两公里远的一个村子里。在那里玩的几乎清一色都是成年男人。我对那里的游戏机没什么兴趣，因为它们和那台妈妈作为生日礼物送给我的二手PS1比起来就显得太无趣了，于是我求着姨妈能教我打台球。

她说她台球打得很好，因为她哥哥在她很小的时候就教她打过。那时由哥哥负责照顾她，因为他不喜欢待在家里，所以就经常把她带去台球厅。想象姨妈手里握着台球杆的样子可真是太奇怪啦。台球似乎应该是男人玩的游戏，它需要耐心，考虑到打台球的环境，可能还需要点粗俗，而这些都和姨妈的气质不太相符。但是她就站在台球桌旁，手撑在桌子上，认真地分析着每一杆球。她打进第一颗球的时候冲我挤了下眼睛，笑着说："有些事是会让你终生难忘的。"最后我们四个人一起玩了起来；三个女人和一个小男孩。周围桌子上的男人们纷纷投来了难以置信的目光。那次我们可玩得真开心啊。就和我们每天下午在厨房帐篷里打牌时一样开心，我们还会把收音机调到当地频道当背景声音，这些都让我产生了极大的满足感。我喜欢和她们在一起，喜欢和她们多待一会儿。

"为了保证她们能上卡梅拉中学，我以前每年夏天都会管着你的表姐们，你知道吗？"姨妈有些骄傲地说道，"每个像现在这样的夏天。除非她们好好学习、做完每天的功课，不然我都不允许她们洗澡。”

实际上维罗妮卡姨妈的真名叫罗莎，外婆的名字也叫罗莎。当我问她为什么不用她的首名[①]时，她对我说她不喜欢，她说只有老年人才叫罗莎，那个名字太普通了，叫的人太多了。

“你想学什么专业啊，尼古？”卡米拉问道。

“学专业？”

“是啊，等你长大了，你想做什么工作呢？律师、医生、工程师、老师……”

“我想当足球运动员！”

“不行，足球运动员都是些傻子。”卡米拉说道。

“那就……当兵！”

“当兵？”姨妈有点惊讶，“你从哪儿学的这词？当兵……不行，那算不上是个职业。”

“广告里面经常能看见士兵跳降落伞。”我边说着边伸开双手，模仿着飞机飞行的样子，然后停在她们跟前，盯着她们，用从广告里学来的腔调重复着：“要想成功加入我们，只有高分是不够的。”

“广告全都是骗人的，”卡米拉说道，“当兵的没几个好人，他们都被洗脑了。”她用双手捧着我的脑袋，像个洗衣机一样开始摇晃它：“你不知道智利军人都做了些什么吗？”

“不知道。”我有点羞愧地答道。每天我都能发现许多自己并

---

① 西班牙语国家人的姓氏由父姓和母姓两部分组成，而名字则可以有多个。

不了解的事情。

“他们在皮诺切特独裁统治时期杀了很多人。你不会不知道皮诺切特吧?”

我更羞愧了，虽说这名字确实听着耳熟。

“那我就当个警探。”我又这样回答道。说完我就望向哈维埃拉，希望她能帮我说说话，但是当时走在后面的她甚至连眼睛都没从地面上抬起来。

“警探？不行，那更糟，”姨妈又说道，“他们被洗脑得更厉害。”说完又开始摇晃我的脑袋。

“你很聪明，小家伙，”姨妈说道，“你可不能对自己不负责任。你得学点东西，学什么都行，但是必须是在大学里学习。”

我们在黑暗中沿着公路的一侧行走着。要不是靠着时不时开过的几辆汽车的车灯和我在圣地亚哥从未见过的如此明亮的星星，我们可能连自己的鼻子尖都看不到。夜又黑又静。一想到我们只是三个女人和一个小孩，我的心里不禁有点害怕了起来。不过我立刻平静了下来，又感到自己很安全，安全这个词对我来说也挺有新鲜感的。我们在一起已经有一周半的时间了，我犹疑的态度也已经开始缓和了。我让步了。我开始接受她们的指引了，就像在那个黑夜中发生的事情一样，因为我知道姨妈和表姐们是为了我好。

我不能对自己不负责任。我的哥哥毛里就是太对自己不负责任了，我不能像他那样。所有人都觉得他是“小豆子”[①]那种人。

---

① 巴西电影《上帝之城》中的角色，靠狠毒的手段吞并别人的地盘，并成为了贫民区“小霸王”。

曾经有位姨妈去外婆家串门的时候看到了毛里，立刻就把自己的钱包藏了起来。我觉得那些看法有些夸张，因为我知道哥哥不是那样的人，但是直到最近我才知道我为什么会这么想，因为我觉得毛里还没聪明到能当个罪犯。我比他小五岁，可很多时候我还得解释很多东西给他听。虽说有时他一连几天都不回家，可那是因为他在帮人看停车场，我曾经去那儿陪过他几个下午。

我突然开始明白很多事情了，例如爸爸。大家几乎从来不提关于我爸爸的事情，我一直以为爸爸是因为偷了一个打火机才被关进监狱的。那也是妈妈曾经做过的事情，在商店里偷些东西，再把它们卖掉。都是些很轻的罪过，算不上什么道德败坏，是社会不公造成的。但如今我突然意识到妈妈没有坐牢而爸爸却坐了牢，而且是在我刚出生时他就被关进监狱了。没人会因为偷一个打火机被关这么久。他做了什么？为什么我之前从来都没想过这些呢？

我不好意思问姨妈，不是因为爸爸在坐牢，而是为我自己在之前没想到过这个问题而感到羞愧。在沙滩上有时候她周围没有别人，但我还是觉得最好不要问她。不过终于有一天我还是问出了口。

姨妈当时正在教我漂浮。她说漂浮的关键就在于要把胃部露在水面之上。她托了我的后背一会儿，然后就像大人教你骑自行车时那样在某个你不注意的时刻突然把手撤走了。她是她们三个人里唯一一个陪我下水的。哈维埃拉很小心翼翼，几乎连脚都不愿意踩进水里。

“为什么我爸爸坐了这么多年牢啊？”

“卡伦没向你提过吗?”姨妈一脸狐疑地问道。她穿了件蓝色泳衣，腰部还系着条金色的带子。

“没有。”

“你为什么想知道呢?”

我耸了耸肩，这使我沉到了水里一秒钟。我一露出水面姨妈就游了过来，抚摸着我湿湿的头发。

“我也不是很了解。我觉得这事最好还是卡伦来告诉你。爸爸坐牢让你感到很不舒服是吗?”

“没有。”我很自然地说道，这也是我的心里话。我把脸没入水中，耳朵露在外面，就像鳄鱼一样。

“好吧……不管怎样你都不必担心。你的人生才刚刚开始，在你面前还有数不尽的大好机会。最重要的是你得明白能否生活得好取决于你自己。而且你是有能力……”

“我很聪明伶俐嘛。”我不太谦虚地打断了她，然后大笑了起来。

“是啊，你很聪明伶俐。而且你还有我和外婆呢。”

我是有能力过上好生活的。现在我感觉姨妈的严厉和对我的教导已经不再让我感觉像是套在狗脖子上的项圈了，虽说狗主人也只是想爱抚它、保护它罢了。姨妈的忠告突然变得有了价值。也许我住的地方真的充满危险。也许她们为我操心、想要安排和改善我的生活也都单纯是因为她们爱我。也许我真的可以成为她们想要的那种有教养的、品行端正的青年。

想象自己变成一个完全不同的人、对周围自己不熟悉的事物感到无比好奇是很有诱惑力的。养成好习惯：一天要刷三次牙；每天晚上都要洗澡；吹干头发；早饭、午饭和晚饭都要按时吃；被小虫子咬了要抹药；十二点前要熄灯；每天要换干净衣服。对于每个小孩来说每一秒钟都要接受类似的命令会有点无趣、惹人厌，但是我却觉得这些规矩很新鲜，值得尝试。要是人们从来没有对你限制过什么的话，你就很难和“叛逆”这个词挂上钩。我觉得这另一种生活有种诱惑力。成为一个集万千宠爱于一身的小孩的想法确实挺吸引人的。

假期临近结束的时候我交了一个朋友。一般这种假期里认识的朋友我都记不住名字，可是他的名字我到现在还记得，卢卡斯。

他家在沙丘后面有一幢白色的大房子，他的爸妈给他买了辆能在露营地沙滩上骑的四轮摩托。他和我年纪相仿，但是看着比我大不少。他又高又胖，脸上还长着雀斑。不过也可能事实上他才是这个年龄的孩子正常的样子，而我则过瘦过矮了，所以我看上去总是要比同龄人小一些。他是个外国人，是我认识的第一个外国小孩，我教他划水和借着海浪玩耍。那是姨妈教我的。我还教他打响指，那是毛里教我的，我对他说海洋的最深处在太平洋里，深达 10924 米。他不敢往水深的地方游，所以我就给他说了那个数字。他问我是怎么知道的，我说是在一本书上看到的。那一刻的我感到无比自豪。我感受到了他崇拜的目光，他想让我给他再多讲点其他的东西，于是我开始给他讲福尔摩斯和华生的故事，就好像对我而言那都是信手拈来的，好像我从一生下来就开始读那些故事了。

他和我一起玩了几天，虽然我没觉得和他一起玩有多么有趣，但是他让我玩他的摩托，那倒是挺有意思的。那是辆橙色雅马哈牌的摩托，这一点我也记得很清楚。他为了引起我的注意而故意说那车是他家人从美国买回来的，而我则说“有什么意义呢，智利也有卖摩托车的地方啊”。他只能呆呆地盯着我。

姨妈允许我玩她那辆起亚轿车的方向盘和变速器，但是那和在沙丘上开摩托可没法比。也比不上我发现自己在各方面都比卢卡斯好时的那种满足感：我更聪明、更灵活、更勇敢。他唯一胜过我的地方就是他更有钱。但换个角度想，我没他有钱，可还是能在各方面胜过他，这让我更高兴了。

事情发生在一天早上。当时哈维埃拉依旧靠着树干在读书，而我则和卢卡斯在水里玩。我正教他吐水取乐，就在那时姨妈出现在了岸边。姨妈穿着泳衣，还戴了顶宽边儿的帽子来遮挡阳光。

“尼古，防晒霜！”她举着防晒霜的瓶子喊道。姨妈每天早上出门购物前都会钻进帐篷来给我抹防晒霜，一般那时候我都还没睡醒呢。

“我已经抹过啦。”我在水里没动，撒了个谎。

“后背也抹了？”

“哈维埃拉给我抹的。”

“啊，好吧。还有半小时午饭就好了。”

“今天吃什么呀？”

“鱼，还有薯条。”她微笑着对我说道。

“太棒啦!”我喊了一声，还用力拍打了一下水面，然后转身继续给我的朋友解释着吐水的时候舌头应该摆在什么位置。

“先把舌头贴在上唇上，然后……”

“那是你妈妈吗？她长得真漂亮。”他打断了我。

“是我妈妈，”我答道，“她很漂亮。”

我盯着眼前一望无垠的大海，感觉自己泡在水里的双腿虚弱无力。它们似乎不听使唤了，尽管最近那段日子里我已经变成了一个游泳能手，但有那么一刹那我还是感觉自己要沉下去了，要被淹死了。

“她多大啦？她看上去可真年轻啊。”他没有看我，而是转过头去望着姨妈在沙滩上远去的背影。我也想看看她，但是涌入脑海的唯一一张面孔却是我真正的妈妈的。我真正的妈妈，长得并不漂亮的妈妈。我潜到水里，我知道自己的脸肯定已经红了，因为我觉得周围的海水很冰。我游开了，想离卢卡斯远远的，但是他却跟了过来。

“她多大年纪了，嗯?”我一浮出水面他就又问了我同样的问题。我耸了耸肩。

“你不知道自己的妈妈多大年纪了?”他有些惊讶地说道。

“四十五岁。”

“我也是家里最小的小孩……但是我妈妈看上去就没那么年轻，她抹了很多化妆品，但是没什么用。你妈妈也抹化妆品吗?”

“她天生就很漂亮。”

“你的姐姐们也很漂亮。”

“嗯，嗯，嗯。”

“但是你和她们长得不像……你爸爸皮肤更黑是吗?”

我看了看自己的胳膊，经过一夏天太阳的照射，它们显得更黑了。我不觉得卢卡斯说那话是想冒犯我。他是个诚实的小孩，想到什么说什么。也许就和我从来没交过外国朋友一样，他大概也从来没和皮肤像我一样黑的小朋友玩过吧。他的问题显得很真诚，他肯定听大人们说过“小孩长得都像爸爸妈妈”，所以看到我的情况会显得有些迷茫。

“你家里是爸爸说了算吗?”

“不，我妈妈说了算。”我心不在焉地答道，但是并没有不耐烦。

“好吧，现在基本都是这样，”他结束了这段对话，“咱们上岸吧。”

我飞速地游出了水面，对着水流猛蹬着腿，想要战胜它。我没和卢卡斯道别，也没和他约定下次见面的时间。

“你的朋友呢，尼古拉?”我站到哈维埃拉身边擦干身子的时候她问了我这个问题。

“我不想再和他玩了，”我表现出无所谓的样子，“他有点蠢……”

“不是每个小朋友都像你一样聪明的，亲爱的尼古拉。”她微笑着说道，然后伸过手来挠我痒痒。

“他身边唯一有趣的就是那辆摩托。”我坦白地说道，同时感觉轻松了许多。但就在这时我看到了我朋友的那辆橙色摩托，我的胸口就像是受到了猛击。卢卡斯脸上挂着蠢笨的、在我看来又有些威胁性的微笑靠了过来。

“对了，尼古，”他站到了我们面前，“问问你妈妈看她同不同意你今天来我家做客。”

“好，好，好，再见。”我严肃地回答道。

我很紧张地开始玩沙子。我的注意力都放在了沙子上，用一只手把它们抓起来，再撒到另一只手上。就和每天早晨一样，此时的天空又是阴云密布，但是哈维埃拉的目光就像荒漠中的烈日一般灼烧着我。卢卡斯转过身去跑开了，跑了几步后又笨拙地大喊了一声：

“对她说她很漂亮……你的姐姐也很漂亮。”

我们看着他在沙滩上跑着，被绊倒，然后站起来继续快步朝他家的方向跑去。那个一头红发的胖子摔倒的样子可真滑稽，可是我俩都没笑。哈维埃拉什么也没说，那段时间对我而言好似变成了永恒。我们望着海岸线，我表现得就像什么也没发生似的。但是我知道哈维埃拉什么都明白，她知道这不是简单的一场误会。很明显她不会问我任何问题，更加不会责备我。她保持着一贯的沉默，而那却让我感觉更加糟糕。

在某个时刻我们的目光交会在了一起，我的目光透着一份煎熬而她也略显紧张，除了紧张，我似乎还在她的眼睛里看到了失望，而失望之中似乎还隐藏着更糟的东西，怜悯。这可怜的被抛弃的小男孩啊，他有什么错呢。我整个身子都紧绷着，然后挑衅似的回望了她一眼。我不想让她可怜我，可就在那时她笑了。“尼古拉呀，”她说道，“我亲爱的尼古拉……”她扑到了我身上，用全身的力量压着我，她那闻起来有洗发水味道的长头发垂了下来，遮住了我的眼睛。她在我的脖子和脸上吻了几口。“尼古拉……我亲爱的尼古拉。”她一遍又一遍机械地重复着我的名字，就像她给我读过的那些故事里纤瘦的女主人公们一样。我愿意和她一起玩这个游戏，于是我笑了，我伸手想挠痒她，好让她从我身上起来。

我想故事讲到这里就足够了，但后来还发生了一些事情。我需要再多讲一点。因为写下这则故事是我找到的讲述自己人生的唯一方法。

我们午饭时吃了姨妈准备的鱼和薯条，但我依然感觉有些怪怪的。那从未有过的罪责感对于一个孩子来说是一种相当有冲击力的感觉。就我而言，那不是我第一次撒谎，但那不单纯是一个谎话，而是一次背叛。在那一秒我否认了自己的妈妈。更糟糕的是我发现最近一段时间以来我已经完全忘记了她的存在，甚至想过让别人来当我的妈妈。

那天晚上我们没读书。我钻进了睡袋，把自己裹得严严实实的。我心里想着自己的妈妈。我问自己她怎么样了，我想象着她独自一人待在黑暗的屋子里，躺在毛里旁边，在睡觉前消磨着时间，想象着她一贯的对什么都满不在乎的样子，想象着她慢慢老去。我思念她，我很遗憾伤害了她，虽然她本人对此一无所知，我也很遗憾自己没有任何方法可以对那种伤害进行一些弥补。

我讨厌自己，一整晚都蜷缩着身子，一想到妈妈的样子心中就会生出无限的难过。到了第二天，我感觉好一点了。我猜是一切归于常态的作用。常态化的生活会抚平一切伤痛。一个人会犯错，但生活还是会继续。我相信每个人在长大的过程中都能明白这一点。我那时只有十岁，但却能深切地感受到自己的内心是如何慢慢恢复平静的。没有什么是不可挽回的。

我们还能在露营地待好多天，在接下来的那段日子里我努力让自己对姨妈和表姐们的态度和以前一样。我表现出对她们的教导和期许的认同。像一个乖孩子那样学习她们教给我的东西，但那时我已经很清楚自己是在做着伪装。在露营地的最后一晚我们搞了场扑克比赛，最后我赢了，第二天我们就拆卸了帐篷，把所有东西都搬到了车上，然后启程回家了。

在圣地亚哥，有一场意外在等待着我们。我哥哥在停车场值夜班时被汽车轧到了左脚。事情是发生在假期中途的，家里人怕我们担心所以没有通知我们。哥哥不愿意听医生的话去静养，很快就自己拿锯子把脚上的石膏拆了下来。我们两个，瘸着腿的毛里和抱着一堆新书的我，和妈妈一起回到了我们习惯的日常生活中去，一切照旧，一直到那人拿匕首刺穿了哥哥受伤的左脚为止。当时他回到停车场，但是另一个人已经替代了他的工作，为了让他明白自己已经不可能再干那份活儿了，那人就拿匕首扎了哥哥的脚。哥哥只住了几天的院就从医院逃走了，直到他又一次被送到圣何塞医院后我们才再次见到他，只不过那时他的左腿已经被截肢了。

那次的事件成为了改变外婆态度的转折点，在维罗妮卡姨妈的帮助下她开始办理起诉妈妈监护不当的手续，目的是剥夺妈妈的监护权，不是对毛里的，是对我的，因为她们都认为毛里已经无可救药了。因为有了前面发生的事情，她们相信很快我就会被判给外婆，而姨妈也承诺会在经济上提供帮助。

外婆小心翼翼地给我解释了她的计划，她温柔的样子和之前判若两人，但是我态度强硬地回答说如果她们把我从妈妈身边抢走、让我和她还有外公住在一起的话，我就会逃走，会像毛里一样逃走。如果需要的话，我会逃走几千次。外婆抱着双臂，她知道如果我逃走的事情被别人知道了，也就是说新的监护人管教不好我的话，就会有背着枪的人把我送到少年管教所去，而进少年管教所还不如继续让我跟着妈妈生活。因此她们没有再办理手续，而我也就接着像以前一样生活了，唯一不同的是到了圣诞节的时候我会收到两份新的礼物：姨妈送的衣服和哈维埃拉送的书。

一个和我搞暧昧的姑娘告诉我说六岁的时候她的妈妈曾经问她愿不愿意她和爸爸离婚。妈妈当时是哭着问她的，因为她受不了日复一日的争吵，但是当妈妈那样问她的时候她不假思索地就说出了“不”字。后来事情变得更糟了，没过几年爸爸就抛弃了她们，给家里留下了一屁股债和无尽的悲伤。那个姑娘对我说她在整个童年、甚至是长大后都不断地在问自己如果当时的回答是“好”的话，事情是不是会发展得不一样。也许她的心中积郁了太多的悔恨了。她总是对自己的生活不满足，她总是觉得如果事情是朝着不一样的、更好的方向发展的话，她就不必承受这么多让她不幸福的不安全感了。我对她说她已经是个二十五岁的大人了，不应该老是为自己父母的事情而怨天尤人，她得学会接受一些东西，每个人都只能靠自己拥有的东西去讨生活。我感觉自己就像是在和一个小女孩说话，感觉自己像是在告诉她说她很幼稚。

我习惯那样跟人说话，那会让我更有安全感，显得我非常坚定。但实际上那个我和姨妈以及表姐们一起度过的夏天的记忆同样会经常涌上我的心头，我其实和那个姑娘没什么两样。

再回头说一下我的童年吧。每次我在外婆家过夜的时候，她都会负责在早上叫我起床，还会给我准备早饭，然后送我上学。而我睡在自己家的时候，她也会在早晨七点钟打我妈妈的手机来喊我起床。我又想起了姨妈。她做的一切也是为了帮助我，为了给我展示另一种生活，她想把我从困境中拯救出来，供我读书，她觉得只有那样才能让我成为一个更好的人。但是我拒绝了那种安逸的生活，就像她那次说的，我没有对自己负责。我什么也没学，后来成为了一个和我爸妈没有太大差别的人。我从来就不想让别人失望，姨妈也好外婆也好，我也不想让自己失望，但是拉住她们向我伸来的手就意味着舍弃其他许多东西，那种行为对当时的我也是一种伤害。当时的我是谁？当时的我是一个爱自己的母亲远胜过爱其他所有东西的小男孩，我只想着和她在一起，我不能再一次背叛她。我猜我当时已经知道自己的妈妈并不是最漂亮的，而且她从来没有带我度过假，也没有给我做过我爱吃的饭，但她毕竟是我的妈妈，如果我不留在她身边的话，就再也不会有其他人爱她了。

在很长一段时间里我都觉得如果我当时离开了妈妈的话，我肯定会生活在一个又一个谎言之中，被一个又一个虚幻的故事围绕着，而那些根本就不属于我。没对自己负责也好，安于现状也罢，那就是我最忠于自己内心的选择。不过事实上，也正是由于同样的原因，我总是难以忘怀在拉塞雷纳度过的那些日子，那个跟着妈妈和哥哥回家时的我已经不再是原来的我了。以前的我身上的某些东西已经永远消失了，我永远活在了两个分裂的自己之间：一个是属于过去的我，另一个是本可能成为另一种人的我。尽管也曾尝试过，但我还是无法还原出那个十岁小男孩的声音，那个在度过那次暑假之前的小男孩的声音，而那是属于他的最后的假期。

可能这么迂回地讲述那些细碎的小事是有点小题大做了，认为一个那么小的小男孩真的能做出一个会影响他一生的决定的想法也显得有点夸张。我在成年之后又陷入到了许多问题之中，特别是在爸爸出狱之后，在这种情况下再去谈什么诚实之类的话题就显得更加不合常理了。但是夸张也好，小题大做也罢，我除了把它们写出来之外确实没什么其他的好办法了，就像哈维埃拉表姐说的那样，任何一个细节都自有它存在的意义，试着——或者说强行——把每一块拼图放到正确的位置上，一件事物的真正价值就会显现出来了。可能这也就是为何我会成为一个追求细节的人，成为了一个没有十足的把握就无法应付生活的人。

在后来的岁月中我又曾面对过无数比我在十岁那年遇到过的更大的困难。但我总是和妈妈在一起，尽我最大的努力去照顾她，这对我而言也是一种安慰。而我也继续保持着阅读的习惯，我总是想象着等到某个时刻到来的时候，我已经做好了迎接它的准备。

幸运如我

镜子跌落在地，女人停止了呻吟。镜子的顶端摔碎了一点，发出一声几乎让人察觉不到的细微响声，在这样一栋普通得不能再普通的公寓楼里，类似的声响是再平常不过的了。但是对于那个女人而言，这绝不只是一个简单的响声。她很清楚这响声是从哪里传来的，所以她停止了呻吟，可是却没有停止扭动身子。她只是在精神上分散了注意力，但肉体上却未有丝毫放松，而藏身于房门另一侧的丹尼丝也依然在全神贯注地观察着。丹尼丝总是把镜子当作取景镜头，就像用相机拍照时那样紧盯着它，而现在镜子已经不在手上了，她只能听着那对肉体通过摩擦发出的声音。和之前那充满欲望及痛感的呻吟声相比，此时的声音实在是轻微得多了，如今更多的是衣物布料的摩擦声，而非那个女人在体验性爱时惯有的娇喘声。那对男女在做爱时从来不会把衣服脱光，总是会把他们认为必需的衣物留在身上，这绝不是因为羞怯或是害臊。丹尼丝已经搞懂了，他们其实很享受为性爱增加某些界限或是障碍。他们喜欢让彼此显得不是那么容易接近，喜欢兜圈子。她发现胡安·卡洛斯隔着内裤进入到那个女人体内的那次是那两人最欢愉的性爱体验。他用手把她的内裤底端拨到一边，就那样一直用手指撑着内裤，然后两人的喘息声就交织在了一起。

丹尼丝依旧盘着腿坐在走廊里。公寓是租的，这条走廊把两个房间和客厅分隔开来。在现在的建筑里，这种走廊看上去十分多余，它属于那个需要用走廊来保护房间的时代，在那个时代的房子里，走廊甚至会比房间还多。丹尼丝闭上了眼。她把手掌撑在冰冷的地面上，等待着两人接下来的动作。女人又开始呻吟了，但是和几分钟前的呻吟有些不同，如今丹尼丝已经学会分辨和解读它们了。她确信这次的呻吟声意味着某个动作的开始：女人趴在下方，胡安·卡洛斯在她身后，背对着门。现在丹尼丝已经没有被看到的危险了，尽管胡安·卡洛斯本来就不会从他正在做的事情上分心。有节奏感的呻吟声和摩擦声逐渐大了起来，高潮伴着持续的哼叫到来了，然后是鼻息声、喘息声和几句脏话，最后一切归于静寂。丹尼丝虽然什么都看不到，但是她却确信此时的胡安·卡洛斯已经躺倒在了床上，用枕头盖着脸，有些喘不过气来。而那位女邻居肯定正像是即将开车撞上墙面似的紧闭着双眼。之前的呻吟声就像是个预言，事情就这样发生了，整个过程只不过持续了几分钟罢了。公寓重归宁静，当然依旧伴着这种公寓楼里惯有的噪音。每次性爱的结局都是一样的，每当此时丹尼丝就会陷入遐想，这次也不例外。她想：当女人有诸多的坏处，其中最坏的一点就是佯装，女人天生就有佯装的能力。

性事的结尾总是女邻居孤单地躺在一旁，等待着男人的接近，而男人也总是会把手从女人的脖子旁搭下来，抚摸着她的乳头，似乎想用这种方式来使她平静下来，那动作就像是在给充血的乳房涂抹曼秀雷敦软膏。丹尼丝知道没什么好听的了，她不想再待下去了，于是她站起了身子，不过却没有把镜子从地上捡起来。她并不在乎让镜子躺在地上，反正女人很快就会把它交还给她的。她知道那个女人会把镜子拿在手里，敲响她的房门。她很早之前就知道这事了，大概从她们的目光第一次在镜子中交会时就知道了。镜面上有块指印，丹尼丝透过指印上干涸的汗渍看到了女邻居的眼睛，那双眼睛闪耀着光芒，透着一丝惊讶，却没有半点厌恶的意思。她通过镜面、通过指印回望了过来，她的眼神平和，像是在说着抱歉，又像是在为自己进行着辩解。

她踮着脚走进了另一个房间，也就是“法国姑娘”的房间，然后轻轻转动着圆形门把手关上了房门，没发出一点声响，最后坐到了床上。

没过多久，一阵轻柔的敲门声响了起来。丹尼丝站起身子，依旧踮着脚走到门前，打开了门。女邻居站在门外，眼睛盯着地面。丹尼丝闪到一旁，女邻居进门时微微弯了弯腰，就好像是在钻一条低矮的地道，又像是在试图表现得更有礼貌一些。她把镜子抓在手里，朝着床走了几步，站在床边，看上去十分平静。她把镜子递给了丹尼丝，丹尼丝把碎玻璃片抠了出来，然后把镜子镜面朝下扔到了床上，镜中世界变成了一片黑暗。

“我们不会再来了。”女邻居用她一贯的怯懦语气说道。

“嗯，我知道。”丹尼丝答道。

她们对视着，就和之前无数次的镜中对视一样。

“我还没跟胡安·卡洛斯说过，”女邻居继续说着，“没给他说我们不会再来了，也没说……”她闭上了嘴，摇了摇头，好像她被自己的话搞糊涂了一样。她看上去比平时还要迷茫。“我想说……我想说的是……”她有点结巴，“我们不会再来了，但是胡安·卡洛斯还不知道这事。这两件事他都还不知道，胡安·卡洛斯，胡安·卡洛斯他……”

她不再解释了，也没必要再解释了。丹尼丝什么都明白了，最后女邻居也似乎确信了些什么，她做出了决定。而胡安·卡洛斯这个名字，也就是那个男人的名字，依旧回响在两人的耳畔，萦绕在她们的周围，像一阵烟雾似的包裹着她们，像地图上的某个参照点一样指引着她们，同时消耗着她们、抚摸着她们，就像爱情一样。

*

卡洛琳娜第一次和我说话是在我们放学回家的路上，经过贝尔纳街的时候。我当时正在翻看着我的《美少女战士》画册，看得太入神了，根本无心留意地面，所以总是走几步就会被绊一下。比起对图画的喜爱来，更令我兴奋的可能是对妈妈禁止购买画册命令的反抗吧。我一直在偷偷收集着这套画册，不过还有几步路就要到家了，到时候我就不得不把画册藏到邻居家的花园里去了。

“你也喜欢《美少女战士》吗?”我听到身边有人这样问了一句，我吓了一大跳，赶忙把画册合了起来。

“你喜欢哪个人物?”那人又问道。

我瞅了瞅她：那是个陌生的姑娘，但是针织衫上的校徽和我的是一样的。

“水野亚美。”我略有迟疑，还是回答了她。我在别人面前总是会说我最喜欢水野亚美，她一头短发，冷静又好学，可实际上我最喜欢的是主人公月野兔，喜欢她那高耸的发髻和活泼的性格。

“我喜欢冥王雪奈。”卡洛琳娜说道。

我点了点头，试图隐藏我对那个角色的不了解，因为我只能看《小老虎俱乐部》里重复播放的那几集，但是我冷漠的神情肯定已经出卖了我。

“她是在《美少女战士 S》里和天王遥、海王满一起出场的，”她解释道，“你还差几本就收集全了啊？”

“八本。”我的语气里透着股骄傲感，好像是为了弥补之前表现出的无知。

“你可以在萨洛商店门口买，”她显得很懂这些事情，不过我报出的数字似乎并没太引起她的注意，“有几个大叔卖得很便宜，只要五十比索，连最难买到的几本也只要一百比索。我还没钱买齐一套，不过是因为我还在收集《圣斗士》的画册。你喜欢《圣斗士星矢》吗？我觉得比起《美少女战士》来，我更喜欢《圣斗士星矢》。”

我又一次不知道该如何回答她了。

《圣斗士星矢》……我没太看过。我确实想看，不过我看不太懂，不像《美少女战士》，我一看就很着迷。我的大脑一片空白，连掩饰无知的点头都没做出来。事情已经很明显了：我懂得太少，在卡洛琳娜面前我时常会感到困惑和恐惧，这种感觉在之后还出现了无数次，但很多时候这种感觉又会变成某种支撑着我的力量，尤其是当有人让我这样一个女孩对某些事情发表观点的时候，在那种时候，我总是会感觉自己被推到了悬崖边上，而卡洛琳娜则不同，她总是能用自己的决断来掌控我们周围的世界。

“咱们去我家看画册吧。”她很自然地说道。

我又点了点头，然后就和在未来出现过许多次的情况一样，恐惧变成了诱惑和温暖。她的手伸了过来，放到了我的后背上，好像变化成了一座牢固的桥梁，指引着我越过面前的悬崖。

我把画册夹在胳膊下面，跟着卡洛琳娜走进了贝尔纳街。我们一起走着的时候，我更仔细地观察了她，她很瘦，汗毛浓密，胳膊和腿都挺长。从身高上推测她应该比我高两个年级。她戴着个白色的头花，头发用番茄红色的头绳扎着，直垂到腰部以下。我很羡慕她有一头长发，因为女人的魅力就在长头发里，至少我曾听班里的一个男生这样说过：最漂亮的姑娘总是留着长头发的那些。我的头发很短，大概到脖子那里。爸爸总是会把我带到理发店去，然后替我选择一款短的发型：通常是早晨起床后最容易打理的那款。他说我已经足够漂亮了，再追求打扮的话就显得过于虚荣了。我爸爸整过鼻子，还镶了好几颗假牙，这么看他其实也挺虚荣的。我其实并不认可班里那个男生的话，实际上我听他那么说之后才第一次意识到一个男孩子、或者说一个男人竟然能傻到这种程度。不过在留了这么多年短发之后，我确实想像美人鱼那样有一头又长又密的头发。在我们走在一起的最初几分钟里，我很难说卡洛琳娜到底是美还是丑，不过我知道她是个很有魅力的姑娘，这种魅力和她的长相没什么关系。她的膝盖上有许多疤痕，我腿上的疤比她少，但我已经觉得很丑了，而且还显得很不淑女，可是我却感觉她像是在很骄傲地展示着它们，好像那些疤痕是战争的标志，是生存的象征。她和我不一样，我几乎立刻就意识到了这一点，我的头发更短、体重更大、肤色更黄，脸也更圆，显得更天真一些。

我们在东京街向右转去，其实要回我家的话应该是向左转的，所以当我看到我们转向另一侧的时候，我的心里不由得生出了某种满足感。我又一次打破了常规。一个被过分保护的孩子总是会想要尝试那些被禁止做的事情，哪怕是用一些不太激烈的方式：在超市里偷一包黑姑娘牌的糖、偷偷地收集画册、回家之前先跑到别的地方去。没有获得批准，也不事先告知家长。大概只有这么做，我才能体会到真正的世界是什么样子，它和父母为我搭建的温室完全不同。除了我自己之外，再也没人知道我的真实感受了。同学们都觉得我是爸爸妈妈的乖女儿。可是对我而言，被过分保护是这个世界上最大的耻辱之一，所以我总是选择离其他人远远的。我不想引起别人的注意，也不渴求交几个朋友。比起遭到嘲讽或是同情来，我宁愿自己一个朋友都没有。

我很高兴地和卡洛琳娜一起穿行在孔查利镇的各条街道之中。我们穿过卡洛主教大街，我的家离我们越来越远了，我在一个街角看见几个喝酒的男人，周围的建筑也变得相当破败了，在这整个过程中我心中的喜悦丝毫没有减弱。我向前走着，自由自在、无忧无虑，我时常能感到自己和自由的距离越来越近了。

卡洛琳娜向一位正在扫着街道上的落叶的老人挥手打了招

呼，而老人则几乎没有把目光从地面上移开。她家的房子靠近街角，是个单层小楼，但是楼体很长，楼前有院子，院子里的葡萄架遮住了阳光，在地上投下一片阴影。卡洛琳娜打开栅门，立刻有两条大狗跑了过来。她喊着让它们别动，然后走到院子深处，向一个坐在四人长椅上的老妇人喊了声“外婆好”。老妇人的手安静地放在裙子上，目光望向前方，好像在思考着什么似的，她那平静的神情很容易让人认为她已经保持这个姿势坐了很久了，就像是我爸爸给我描述的佛陀一样。

“你外公两点钟吃饭，我给你俩一起准备午饭？”老妇人问道。“你好啊，姑娘。”她看到我在两条狗的嗅闻中穿过连廊走了过来，补充了一句。

“看情况吧。”卡洛琳娜答道。

“看情况吧，”老妇人冲我挤了挤眼睛，重复着卡洛琳娜的话，“她总是这么说。”她边说着，边眼露笑意，摇了摇脑袋。

“我们到屋里去啦。”卡洛琳娜这样说着，走进了房子。

“好的，好的。”老妇人答了一句，目光又投向了远方。

“我睡这张床，我妈睡那张。”卡洛琳娜指着院子尽头房间里摆放的床铺给我解释道。床是木制的，床板看上去有点斜，闻着还有股理发店的味道。“那张床是我哥哥的，他在家里过夜时就睡在那儿，不过有时候我的一个叔叔会睡在上面。”

我也有个哥哥，不过我不太能经常见到他，我把这个情况告诉了卡洛琳娜。“只能算半个亲哥哥，同父异母。”我借用妈妈经常对我说的话进一步做了解释。

卡洛琳娜从一个木架子上取下了三本画册，一屁股坐在地毯上，在盘着的腿上打开了《美少女战士》那一本。

“你想看看这里面的画片吗？”

我依然站着，望着对面墙角处摆放的一张梳妆台。梳妆台是白色的，带着面椭圆形的镜子，上面摆满了润肤油、香水和一些盛满项链的小盒子。梳妆台右边有一张长凳，上面放着一个和硬蜡搭配使用的脱毛器，而地面上则堆满了杂志。镜子周围贴着些裁减下来的图片，都是些戴着礼帽、身着盛装的女人，我只能认出其中一个是戴安娜王妃。

“我妈妈很向往王室生活，所以才把这儿弄成这样。”卡洛琳娜解释了一句，然后叹了口气。“不说这些了。你叫什么名字呢？”

“妮科尔，妮科尔·德拉克鲁斯。”

“妮科尔（Nicole），”卡洛琳娜念叨着我的名字，“结尾是个E，对吗？”我点了点头。“我喜欢你的名字，”她总结道，“你的名字是以一个很有力量感的元音结尾的。我叫卡洛琳娜（Carolina），和那个摩纳哥公主的名字一样，但是我不喜欢这个名字，因为它是以‘ina’结尾的，让人听着感觉我像个娇小甜美的姑娘。所以你就叫我卡洛吧。”

我的名字。我很感激他们没给我起名叫卡米拉，我的班上有六个女孩叫卡米拉，但我还是觉得妮科尔这个名字有些男性化，因为名字里连一个字母A都没有，而且是以E结尾的。我很高兴卡洛琳娜，哦不，卡洛，能喜欢我的名字。

“你在上四年级，对吧？我记得你。去年你得了三好学生奖，没错吧？”我有点害羞地点了点头。“我是五年级的。”

她对我说她上四年级时特别努力地想得到宗教奖。她也不太明白为什么自己想得到那个奖，不过她说她当时鼓足了干劲去争取。她什么事儿都帮宗教课女老师干：在早晨领着大家做祷告、给大家朗读《旧约》、上课时积极参与讨论，甚至否认恐龙的存在，还为此和那些《侏罗纪公园》的影迷同学们、收集塑料龙骨头的“伪古生物学家”同学们争执不休。她十分肯定奖状上写的一定是她的名字，但是在年终的颁奖典礼上他们却把奖颁给了另一个男生。他信教，这没错，可是他连《使徒信经》都不懂，更别提那些不太为人所熟知的祷告词了。宗教奖旁落深深地伤害了她，她把这视作一次背叛，因此等到新学期开始后，她对那位女老师连看都不看一眼，也同时把一切跟宗教相关的事抛在一边了。后来她发现自己挺喜欢上儿童哲学这门课。倒不是说她下了多少功夫，她只是把自己想到的东西不加斟酌地说出来罢了，她说的都是些没头没脑的话，例如说圣诞老人的衣服是被可口可乐染红的，但是似乎那门课的老师特别喜欢她，所以最后把那门课的最佳学生奖颁给了她。她在床头把奖状贴了一阵子，不过后来又撕下来了，因为她明白了其实奖状并不是什么重要的东西。

我很认真地听着她的讲述，听完后感觉有点热血沸腾，然后我说我爸爸说过《旧约》是一个比喻。我不太懂比喻是个什么东西，不过卡洛点了点头，她说她觉得我爸爸应该是个很有智慧的人。

我们交换了画册，卡洛那儿并没有我能用上的画片，不过我还是同意跟她交换几张她需要的。我们挑出许多重复的画片，然后一起玩了手拍画片的游戏。卡洛从架子上又拿了一本画册下来。“这本是最贵重的。”她说这句话时脸上还挂着聪敏的微笑。与其说是画册，不如说那是一本真正的相册，每一页都是用厚纸板做的，还配有塑料保护膜。里面有一系列黑白图片，还有一些从百科全书上剪裁下来的文段，另外还有卡洛亲手画的图画。庞贝。她说自从她在国家地理频道上看过一期纪录片之后就迷上了庞贝古城遗迹。她给我讲述了维苏威火山在公元 79 年 8 月 24 日的那次神秘而又暴虐的喷发。我注意到她在说话时有很多次把“s”发成了“f”，但是她的语气却依然平静、坚定且迷人。她描述了发现有许多逃亡者遗骸的花园，还有考古学家吉塞普·菲奥勒利通过在庞贝居民身体分解后留在火山灰层之间的空缺部分中铸模的方式还原出的一尊尊可怕的受难人像。在这之前我从没有对某个人如此关注过。她口若悬河，滔滔不绝，我听得也很认真，就好像她在讲的是跟我的生活息息相关的事情。卡洛又一次用我之前一无所知的事情吸引了我，不过这次我已经准备好了向她学习、像她那样去进行感悟。后来我们进了厨房，她用微波炉做了几个西红柿芝士三明治。一个微波炉！除了那个比我家客厅里的 14 寸电视机大了许多的巨大电视之外，这又是一个我家里没有的东西，这不禁使我眼花缭乱了起来。卡洛直接在水龙头上喝水，还让我也喝几口。虽然我很渴，但还是没喝，因为类似的情况下会很容易把别人的唾液吃到嘴里，也就增加了得脑膜炎的风险。当然就在那同一天，我们到她的邻居家去买饮料，卡洛提议我们把不同口味的饮料交换着喝，那时我就忘了脑膜炎的事情，毫不害怕地同意了。那天下午我们一直走到了供水站附近，像观察风景名胜一样欣赏着这酒杯状的建筑。我们在自由自在的气氛中从华尼塔·阿吉雷区一直晃到了科尔蒂霍区。压根没有大人来干涉我们做什么或是说什么，我们也没再提起和学校或是父母有关的事情，因为好像那些都已经不复存在了，好像我们真的已经变成了自己的主人，能够自己做决定、安排时间、选择吃什么或是不吃什么，好像我们已经把一切的障碍——学习也好，家庭也好——都抛在身后了。商店里的人说最新的一本《美少女战士》画册已经上市。我们两个立刻乐开了花，不过卡洛马上就坦言自己没钱再买新的画册了。而实际上我连买画册的许可都没得到呢，不过我没敢把这事说出来，而是灵光一现地提议我俩合力收集画册。我们达成了一致，这是我们建立友谊后的第一个约定。五点钟的时候电视上开始放《圣斗士星矢》，我俩坐在地毯上，离电视很近，把音量开到了最大，卡洛把开头的解说词背得一字不差："传说告诉我们，当世界遍布邪恶之时，圣斗士就将现身。"从我内心涌现出某种喜悦感和放松感，这很像我独自坐在学校大楼的角落里，任由微风轻抚着背部，生出阵阵细微的瘙痒感时的感觉。这种感觉既朦胧，又庄严，我只希望它永不消逝……没有人能描述出我们那天看《圣斗士星矢》时的幸福感，放学后的下午，坐在地毯上，没有爸妈在身边，手里拿着夹有西红柿和芝士的三明治。

*

丹尼丝垂头丧气地爬着楼梯：头耷拉着，胳膊靠在栏杆上，既是为了撑住身子，也是为了借力上行。在这条回家的路上，她走上几级楼梯就要喘几口粗气。这天是周五，已经过了晚上八点。她从图书馆下班的时候已经筋疲力尽了，在九个小时的上班时间里，她可能只坐下了两次。她已经在图书馆工作三年了，刚接手这活儿的时候她还坚信这会是一份非常适合自己的工作：安静，灰尘，图书。她几乎已经把自己想象成了浪漫小说中的女主人公，漫步在书架之间，被故事环绕着，用手指轻抚过书脊。可现实却压根不是那么回事儿。这家图书馆开在一条商业街上，开闭馆的时间和商业街店铺的营业时间一样，工资待遇也和店铺店员差不多，进来的读者有很多也是来逛街的，馆里还配上了商业街风格的灯。灰尘最后会粘在你的手上，灰尘和洗手液，因为每当有人拿起一本套有粘手的塑料护封的儿童读物的时候，就会在上面留下几滴洗手液的残留物。她曾经在一本书里读到过图书馆里的细菌和病毒的数量是公共澡堂的十八倍，书上建议阅读从图书馆里借来的书之前最好先把书在微波炉里加热几秒消消毒。倒不是因为她有洁癖。在她的房间里，用过的咖啡勺一个又一个地堆在圆桌上，在昏暗灯光的照射下显得像是堆古董，而垃圾筐也只是等到连一个用过的茶包都塞不下的时候她才会倒掉。而那份每周要干四十五小时的工作里发生的每件事最后都会让她感到厌烦。

有段时间她很注意观察那些读者，既包括在馆内看书的人，也包括把书借走的人，她还把那些有特点的读者列成了一个名单：

—女性，27岁，三本书：《乌尔塔多神父传》；《圣方济各传》；洛夫克拉夫特的《〈死灵之书〉的历史》。

—男性，48岁，看书和杂志：《共济会的秘密》；《时尚》杂志1月刊。

—男性，大约50岁（总是穿同样的衣服：灰色大衣，海军蓝色的裤子。就只穿这一身！），复印了一本儿童百科全书里关于细胞的一页。

从很久之前她就不再更新这份名单了。她的手上沾满了灰尘，只能靠用杂志扇风来对抗午后的炎热——从她正式入职以来空调似乎就没好用过。她时不时地皱皱鼻子，不是想忍住打喷嚏，而只是为了表明从商业街食品区传进图书馆的味道混杂着读者的呼吸再加上黏手的书本让她觉得恶心……她从来不会一脸期许地在书架中寻找某本能给她惊喜的书，她在大部分时间里——或者说在她能自己支配的所有时间里——都只是坐在电脑跟前，面前一本书也没有，读读睡衣冲浪网或是俄国爱好者网上的新闻消息，又或者翻翻一位朋克化妆师或是她在布鲁克林的男朋友的博客，她还关注汤博乐轻博客、关于细菌及病毒的论坛和Facebook。她感到很无聊，既不跟读者打招呼，回答问题时也爱搭不理的，每当有人找她复印材料时她都会感到十分厌烦。让她离开椅子去操作一个运转不良的打印机对她而言是一种冒犯，而且这套动作只是为了复印一张价值五十比索的材料，这和诈骗没什么两样，就为了五十比索，她就得从椅子上站起来。

上到三楼，她最后一次长出了一口气。她租住的公寓楼是一栋四层的水泥楼。楼的周围都是一些相似的建筑，还有些广场，广场上长着许多高大粗壮、枝繁叶茂的树木，树上栖息着好多种鸟。不可否认这个地方是挺适合居住的。虽说已经在这里住了四年，丹尼丝还是很喜欢周日早晨伴着割草机的响声醒来的那种感觉。在此之前，她从来都没有如此近距离地感受草木的绿色，也没有这样为花园或是花花草草魂牵梦绕过。她以前住过的地方都是随便花点钱雇个人来收拾杂草的。在她搬到努尼奥阿镇的最初几年里，这里的一切都在吸引着她，她总是背上相机到镇子里的广场上或是胡安十三世公园里拍照。她斜背着富士相机，就好像在胳膊底下夹着把左轮手枪，习惯穿一件灰色运动衫和迷彩服外套。她喜欢迷失在千奇百怪的大街小巷里，欣赏那些五十年代建筑风格的老房子。老房子有很多已经不住人了，变成了养老院或是销售公司，她有时会探身进栅门，给那些被打理得很好的前院拍些照片，或是拍一下那些像蛇一样盘踞在铁栏杆上的枯树枝，又或是拍几张废弃房屋的半开着的窗户，拍拍那些或严肃或欢乐的从门前走过的大学生，以及那些边补着妆边抽着烟还边聊着天的女人们。养老院里的老人们是她最好的模特，或者至少是最享受被她拍照的人。他们总是面带微笑，专注地看着从蓝花楹上掉落的淡紫色花瓣，就这样等待着一天的结束。她知道做女人最大的好处之一就是看上去没什么威胁，但不管怎么说她还是更喜欢在人们没有准备的情况下进行抓拍，所以她选择了一款体积较小的相机。不过在和养老院的老人们相处时就不一样了，她会和他们打招呼，最后还会表示感谢。他们经常邀请她进到养老院里面去，虽然她觉得作为一个摄影师最好还是当一个观察者而非参与者，可有一次她还是同意了，她走进了养老院深处，也正是在那儿拍到了她最得意的照片之一：一个九十岁的老太太在照片前方，一位老大爷半躲在后方的花园里，吸着烟，他的侧脸很饱满，散发着某种光芒。

那段时光已经过去了，如今她在走路时不会去看周围的任何人，她的步伐沉重，在住处和工作地之间两点一线地移动着，喘着粗气上楼梯，在圆桌上堆放着咖啡勺，只有在垃圾筐里连一个茶包都塞不下时才会走出房间，把垃圾扔掉。

负责收取公共费用的女邻居此时正在公寓楼门廊处吸烟。她大概五十多岁年纪，几乎每天晚上同一时间都会出来吸烟，同时展示她那矮胖的身材和一头染得很差的金色头发。她对丹尼丝说了句晚上好，还问了她几个问题，而丹尼丝的脸上露出了不耐烦的神情，回答说“都好，一切都好”。她并不觉得这女人有多和善，她怒气冲冲地思索着自己是不是有别的应对方法，对于她而言，这个老女人在所有人下班的时间跑出来只不过是为了窥探这栋公寓楼里是不是又发生了什么可以八卦的事情。

她冲了一杯雀巢咖啡，回到了自己的屋里。她把背包扔到了床上，打开电脑，坐在了写字台前。她又站了起来，差点把还没喝完的咖啡和一堆纸张碰倒。她喜欢把各种纸堆起来：旧明信片、彩票、车票、撕成碎片的单据，都被她胡乱堆放着。因此在她的房间里，随便一个动作都意味着危险。椅子上的滑轮会压到鞋子，还可能会和乱扔的衣服、袜子、内衣甚至电脑电源线、手机充电线、电器延长线、耳机线和台灯线缠到一起。她在房间里总是会被绊到，还经常会被杂物困住，她的房间就像是个不稳定的沙丘。她来到“法国姑娘”的房间，坐在了她的双人床上。“法国姑娘”刚搬来时还曾经对丹尼丝说她觉得丹尼丝睡在一张单人床上是件很奇怪的事情，因为在法国只有小孩子们才睡那么小的床。丹尼丝此时手里仍端着咖啡，观察着“法国姑娘”的房间，这里的味道和她的房间完全不一样，这里的味道很香、很女性化，是“法国姑娘”的妈妈从法国寄来的欧舒丹香水和护肤品以及露诗香皂混合在一起的味道。她是六个月前开始和“法国姑娘”一起合租的，她喜欢在“法国姑娘”出门的时候跑到她的房间里来。她喜欢在陌生的空间待着，这边嗅嗅，那边闻闻，欣赏着“法国姑娘”带回来的旅游纪念品，把它们捧在手中：马普切小玩偶、明信片、和朋友们的合影、镶着铜坠儿的小木盒、苦涩的巧克力、美味的果酱。每一个物品都是对自我的认可：这东西是我的，我很骄傲。丹尼丝也想体会这种感觉，哪怕只有几分钟也好，这种想法在丹尼丝漫步在努尼奥阿街头时也经常会出现。“法国姑娘”的真名叫乔希娅妮，长得又高又壮，很结实。她在智利读拉美研究方向的硕士，她的手腕上总是挂着三条手链：一条是她最好的法国朋友卡丽丝媞送给她的，另一条是她最好的巴西朋友保罗送给她的，还有一条是她最好的巴塞罗那朋友露比送给她的。丹尼丝把铺在床上的羊驼毛毯弄平，看了看自己的光胳膊，上面连一条手链都没有。在出发去马丘比丘、玻利维亚和厄瓜多尔旅游前，“法国姑娘”对她说希望在她旅行回来后两人的关系能得到改善，要还是老样子的话，她可能会换个地方住。丹尼丝不太明白她的意思，她不觉得她们两人的相处有什么问题。“法国姑娘”操着一口标准的西班牙语解释说她希望她们俩能有更多的接触，例如能多聊天，能一起度过更多的时光，能一起喝东西，能一起在客厅里听音乐。一个人远离家乡，她进一步解释道，就是为了这些，为了能认识更多人，为了能增加生活经验。丹尼丝当时看着她的眼神就和她望向收取公共费用的女邻居的眼神一模一样。“你不懂，”丹尼丝答道，“你可以增加阅历，这大概会让你过得更好些，但是生活经验这种东西只会让你痛苦。”“法国姑娘”长大了嘴巴看着她。“你瞧，”她对丹尼丝说道，“这就是咱俩之间的问题。”

倒不是因为她不喜欢乔希娅妮，但她就是没法去尊重她。她无法尊重任何一个欧洲人，或者说她忘不了那些外国人曾经给这片土地带来的苦难。因此每次乔希娅妮或是她的外国朋友们邀请她一起出门的时候她总是会拒绝。不过她确实喜欢待在乔希娅妮的房间里，待在属于乔希娅妮的东西旁边。甚至有一次她拿起了乔希娅妮的尼康相机，那台相机贵极了，功能也比她自己的相机好很多，她拿着相机跑到走廊上拍了好几张相片。正是日落时分，太阳那暗红色的余晖落在墙面上，和房间中堆放的物品的影子交织在了一起。她忘记把拍的最后一张照片删掉了，过了一段时间，“法国姑娘”把那张照片传到了Facebook上，而且认为那张照片是通过某种超自然力量传输到她的相机里的。不，她对她还是尊重不起来。

当然了，这里面也透着些嫉妒劲儿。她嫉妒乔希娅妮过的那种有保障的生活，嫉妒她那种欧洲殖民者式的步伐和她能把租住的房间变成真正属于自己的小天地的能力。丹尼丝的童年是在圣地亚哥度过的，后来搬到了巴耶纳尔，再后来又搬到了安托法加斯塔，她对任何地方都没有归属感。她和妈妈一起过着一种流浪的生活，每次在别人家里和别人合住的时候，她总是奢望着有朝一日房间里能放满属于她自己的东西，这种想法一直深埋在她的心底。后来她回到了圣地亚哥，在一家学校里学习摄影，她热情满满地精心布置了自己租住的房间。她把房间涂成了紫红色，到集市上买了些果篮，把它们改造成了别致的托架，还在墙上挂上了罗伯特·弗兰克、尤多拉·韦尔蒂、吉尔·弗里德曼和塞尔西奥·拉拉因的摄影作品，当然在这些作品中间还混着几张她自己拍的照片；她还搞了些拼接艺术，买了一张老式木制写字台，去宜家添置了几支白蜡烛、一个内部印有小鸟的杯子、一个纸球灯罩……等到房间终于被塞得满满的了，她才坐到床上，缩着身子，紧闭着眼睛，就像是坐过山车时等待从高处下落的时候那样。不过她还是什么都没感觉到，她依然觉得自己只是个过客。

她最接近于体验到一种全然不同的感觉——连她自己对此都难以定义——是她在一家瑞典饭店当厨师下班后的时间里。大概是凌晨一点半，车站上聚集了一大群人，几乎都是像她这样的异乡打工客。他们静静地等待着，全都感到无比的疲惫和焦虑，还都紧张兮兮地防备着别人，他们要等上十分钟或是一个小时，在这段时间里就一直保持着那种状态，直到城际列车现出身形为止。那辆由三四节车厢组成的列车在夜空中自远处驶来，列车的体积很大，灯光照得很远，车上承载着希望，就像在饥荒时期为偏远村落运送食物的卡车一样。列车靠近的时候，车站上人们的态度变了，有种能量在他们的身上涌动着，丹尼丝也感受到了这股力量，就好像她挣脱开了某种束缚，又好像所有人都把胸中积郁的感情释放了出来。等待结束了。她踮起脚尖，望着高处，在那几秒钟里，她确实感到自己有了某种归属感，她说不明白，虽说实际上并没有哪里是属于她的，车站不是，列车不是，道路也不是，属于她的是一个她永远无法到达的地方。

没人会来拜访她，她也不想费心去邀请任何人，所以她一点也不为自己租住的房间的状况而担心。不，反正不管怎样这里也不会成为她永久的栖身处，一旦想通了这一点，她就不再费心装饰自己的房间了，她卖了相机，也不再学习摄影了——这已经是她放弃的第二项事业了。她删除了曾经最喜欢的照片：一个小男孩牵着一个盲人缓步前行，一个大学生查阅着厚重的拉丁语词典，戴着带有狐狸耳朵式样帽子的换着轮胎的人……老实说，她从来就没想过能真的为国家地理频道或是玛格南图片社拍东西，学摄影只不过是她为了能回到圣地亚哥来追寻脑海中的梦境而找的借口。

*

从位于二楼的爸妈房间的屋顶到位于一楼的厨房之间铺了一层遮阳布，我爸爸说装上它是因为早晨的阳光太强烈了。因为他在机场值夜班，所以他一般是上午睡觉，一直睡过十二点。他睡觉时喜欢让屋子里尽可能没有光线，他会拉上窗帘，把门关严，房间里会越来越热，不过我倒是挺喜欢这样的，每天早上爸爸都是这样的状态，睡着觉，很可爱。

每天从学校放学回来我都会把耳朵贴在门上，根据传来的声音猜测爸爸在房间里做些什么。有时候能听到“呼噜”的声音，还有时候能听到粗重的呼吸声。我钻进房间跟他打招呼的时候，床单和毯子一般都滑落在地上。妈妈经常说爸爸需要思考，虽然我对瑜伽没什么了解，但还是明白妈妈的意思，因为我和妈妈一样能看出来什么时候爸爸心情不好。每次出门上班前的几个小时爸爸就像换了个人一样。他在进行常规性的刮胡子之前就会变得沉默寡言起来，在等待水壶里的水烧开的过程中会把手插在兜里，怒气冲冲地走来走去。他脱掉睡衣，在腰上系了条毛巾，把热水倒进了洗脸池，然后用毛巾蘸了蘸水，往脸上捂去。他喘着粗气，听上去就像野兽的低吼声。爸爸的皮肤太敏感了，每天都要刮胡子对他而言是一种折磨。最后他会走上楼梯，边咒骂着边往脸上涂抹润肤露。一般他刮完胡子后没人敢跟他说话，不光是不能提胡子的事情，那时候和他说什么都会引得他发脾气，只能顺着他来，欣赏他发火的样子而不发表任何意见，不过我们忽视他烦躁的举动有时也会使他更加愤怒。

要说我最了解爸爸什么的话，我想应该是他对自己工作的厌恶了。他每个月只有两个周日和每个周二可以休息，不过这几天对他而言可能更难熬，因为他总会想着第二天自己就又要上班了，又没办法休息了。他一整天都会为工作安排的不合理而长吁短叹，只能忍受着假期的短暂和飞逝。

所以在卡洛的妈妈把我送回家的路上我一直心惊胆战的。那天是爸爸的休息日，他是很容易对别人发火的。我之前已经见识过他冒犯很多人了：我的老师、电话接线员、街头小青年、售货员，他甚至会在通过争吵得到了折扣或是免费的甜点后洋洋自得起来。我想象着可能出现的场景：爸爸质问着这一下午都是谁在照看我，奚落着两位老人对我的照料，然后当面斥责卡洛的妈妈是个离婚女人、单亲妈妈，而且没有属于自己的房子。他依然把手插在裤兜里，脸上挂着讥讽的微笑，下巴抬得高高的。我的妈妈站在他的身后，半藏着身子一言不发，只是假装出愤怒的样子以显示她对自己丈夫的支持，不过她的眼神里会透着歉意，她会像是个殉难者那样对我说“你知道你爸爸就是那样的”，或是“我又能做什么呢”。我觉得比起爸爸的强势来，妈妈的懦弱是更加不可饶恕的。事实上我总是会原谅爸爸的暴躁，而且比起妈妈来，我还是更爱爸爸一些。因为爸爸有时会变成另外一个样子，另一个他会陪我玩跳棋或是二十一点游戏，还会在周六的早晨带我去学习游泳，然后全程通过冲着基督教青年会恒温游泳池的小窗户观察着我。也是爸爸陪我到空军基地广场上荡秋千的。我和他一起骑着自行车出行，每次都骑很长的路，从一个社区骑到另一个社区。爸爸还会给我读他信仰的宗教的奇怪故事。他还会跟我玩猜箱子密码的游戏，要是我猜中了，他就会允许我使用属于他的、我一直想用的某件东西一段时间，例如某件工具或是印有兔八哥的漂亮领带。我们手上拿着橘子和番荔枝混合味的雪糕，在大街小巷里走来走去，他会对我说一些听上去很深奥或是很有趣的话，例如“学会呼吸才能学会生存”……总之，爸爸和妈妈完全不一样，或者说他才是认真对待我的那个人，他会以正常的标准来要求我、尊重我。

不过我确定在往家里走的路上我的脸色肯定很难看，因为我们边走着，卡洛的妈妈边问我是不是我的父母对我要求很严格。我只能低着头表示肯定。“你别怕，”她说，“交给我来应付。你还是想回家的，对吧？”

她叫拉盖尔，在一个商贸中心上班，不过她对我说她并不喜欢那份工作，所以她最近在学修眉脱毛，想在家里接活干。

“我拿朋友们练手，也给我自己做。卡洛琳娜不让我碰她，不过如果你愿意的话我们可以挑一天……来，我看看你的眉毛长得怎么样。”她微笑着说了这些话，然后凑过来看我的脸。

她还告诉我她是前不久才和卡洛住在一起的，她给我解释得很详细。她有两个孩子，费利皮托和卡洛丽塔，但是她没结婚，只是和孩子们的爸爸（她就是这样称呼那人的）同居过几个月而已，然后那人就走了。因为经济原因她只能把孩子们寄养在自己的爸妈家，而当孩子们的爸爸知道这种情况后就来把孩子们接走了。不久之前他们达成了协议：费利皮托留在他那儿，卡洛丽塔回来和她一起住。

她讲得很轻松，眼睛笑眯眯的，给我的感觉是她说这些的时候就像是在半开玩笑。我挺喜欢她的，不过我还是感觉有点不舒服，因为她给我讲的这些是挺私密的事情，而且我也不习惯一个大人用这样亲近平和的方式跟我讲话。

他们叫她“瘦女人”，她确实又高又瘦，更让我羡慕的是那一头卷密的黑发。她看上去很年轻，穿着件窄短上衣，戴着对圆耳环，还戴着一条金项链和好几枚戒指。我很喜欢摆弄妈妈的衣服，虽然都是些款式老旧的裙子和长衫，还有那身两件套工作服，看上去就像是中世纪的盔甲。妈妈对我说过她不买新衣服的原因是没机会穿。所以当我看到拉盖尔时生出的第一个想法就是穿上她的高跟鞋跑去照镜子，当然还要把项链也戴上。

“啊，原来你就住在这栋漂亮房子里，”我们走到我家门口时她这样说道，“每次我路过这房子都会停下来看一会儿。你爸妈把房子扩建过吗？”

我很紧张地看着她，没回答她的问题。我很确定当她按响门铃后，我就又要失去一份友谊了。

什么可怕的事情都没有发生。我爸爸确实是皱着眉头、抄着手走出来的，拉盖尔一见到他就开始解释，压根就没给他发火的机会。她介绍说自己是我的好朋友的妈妈，她要向他道歉，她说我没按时回家都是她的错，不过她可以私下里好好解释一下。我妈妈从屋里的窗帘后向外张望着，等我们三个一起走进客厅后，她就轻轻拉着我的耳朵让我回屋去。我不知道卡洛妈妈具体是怎么给他俩解释的，不过最后他们只是罚我两天不许看电视罢了。一般是妈妈罚我，制定惩罚规则是她的事情。而爸爸则会好几个星期都不跟我说一句话，不过他从来不惩罚我，他觉得通过惩罚来管教孩子的做法非常幼稚。

“你可以和那个姑娘玩儿，”妈妈对我说道，“不过得来咱家玩儿。”

我抗议了，我说在卡洛家里可以看动画片，但是在我们家就不行。这也是我和妈妈之间相处起来不一样的地方，我可以冲她抱怨、抗议、撒泼胡闹，实际上也不至于撒泼胡闹，因为妈妈通常是很善解人意的，她同意我可以隔上一阵子去卡洛家玩一次。我扑到了她的怀里，头像拨浪鼓一样摇来摇去，还喘着粗气，就像是在吹生日蛋糕上的蜡烛。我要有一个好朋友了，我在心里念叨着，我终于可以和别人分享我的生活了，终于可以体会到小女孩们之间应有的那种友情了，我早就期待着这一天的到来了：亲密、秘密、互帮互助、达成约定、欢声笑语。

*

她的电脑里有三条留言。她的朋友克里斯还是坚持想和她一起去参加一场聚会。克里斯是她唯一的朋友，他们一年大概只见三四次面，不过他还是她的朋友。他的脸很瘦，棱角分明，他学的是表演，他总是会发表一些高谈阔论来表现自己对戏剧舞台的厌恶。今天一下午他都在 Facebook 上试图说服丹尼丝，那时候她还在图书馆上班呢：别老一个人待着，应该出去认识认识人，说不定能碰到些了解希腊悲剧或是黄金世纪戏剧的人呢。聚会在意大利区一位概念艺术家的工作室里举行，那人曾经在一个画廊里把一位贾斯汀·比伯的粉丝以及这位粉丝的母亲当作展品进行了展览，报酬是送给他们两张比伯演唱会的贵宾门票，这事也让这位艺术家出了名。克里斯说除了有免费的鸡尾酒之外，他们还能和一些有头有脸的人物建立联系。“该出山啦，温迪嬷嬷。”这是最后一条留言。温迪嬷嬷是一位八十二岁高龄、很有名气的修女，长着几颗标志性的老鼠门牙。她生活在信奉加尔默罗会的奎登汉姆修道院里，住在一辆拖车中，每天会花上六个小时去观察森林。在最近一段时间里丹尼丝最大的兴趣就是看温迪嬷嬷在上世纪九十年代给BBC录制的讲解艺术的纪录片了。

“你就当是为我牺牲一次吧，不过让你参加聚会大概对你而言真的算是牺牲了，我看现在保持童贞可能对你还更容易一点。”克里斯这样写道。“这是一种承诺，不是屈服也不是顺从，”她用温迪嬷嬷的话回答道，“这是对孤独的承诺。”她坚持说道。她打开了Youtube，但是还没想好要播放哪首歌，每次选歌的时候她都会感到焦虑，她更喜欢隔着墙听“法国姑娘”放的歌。“你还记得《忧郁症》的结尾吗？当大家都知道世界就要毁灭的时候，克尔斯滕·邓斯特对甘斯布说地球上满是罪恶，所以地球行将消亡也没什么可遗憾的，而且没人会怀念它，因为只有地球上有生命存在，我们注定是孤独的……这就是我现在的感觉。”“你太消极了，”克里斯答道，“你还是读读《小王子》吧。”“另外，”他又写道，“只有克尔斯滕·邓斯特能说出那样的话，玛丽·简就不行，因为蜘蛛侠总是会来救她。让疼痛苦难来得更猛烈些吧，反正我们有那些超级英雄。”“我可不需要什么超级英雄，”她在打了几个“哈哈哈”之后又写道，“我谁也不想认识，在这种环境里就更不想了。”克里斯回答道：“首先，那都是谎话，你还是想认识人的。其次，环境并不重要，重要的是我们自己，现在到了我们成为主人公的时候了。再次，男人有没有钱无所谓，你先搞到手再说，大不了再甩了呗，让他心碎去吧，这也算得上是一场阶级斗争的胜利嘛。第四，我很乐意有朝一日给你发祝贺信息，现在已经是网络时代了嘛！最后，你就当是帮我一个忙，我实在找不到别人啦！”

最后她同意了。不是为了别的，只是为了把自己从循规蹈矩的夜间作息中解放出来。她晚上很难入眠。躺在床上，盯着天花板看几分钟，然后换个姿势，嘴巴朝下，手臂张开着，胸部紧贴在床上，心脏咚咚地跳着，就好像她在奔跑、在躲避着什么人的追踪，那人或许就是她自己吧。每到夜深人静时她就会思绪万千，在失眠中演起独角戏来。她把自己封闭起来，不和外部接触。她翻身下床，倒了一杯红酒，然后通过读《旧约》或是看色情视频来缓解内心的焦虑。她先选择了后者，一次性点开了好几个视频（视频都是国产的，一般是三个人做爱或是非常现实主义的群体性淫乱。她不敢尝试看那些东方制服女郎的视频，或是把章鱼当振动棒来用的桥段，她不想知道自己看那些的时候会不会感到兴奋）。她会从那几个视频里挑一个她最喜欢的来看，一直到高潮为止，然后她就会合上电脑，再然后会捧起《圣经》来读一读《以西结书》中的警示：“你的民三分之一必遭瘟疫而死，在你中间必因饥荒消灭；三分之一必在你四围倒在刀下；我必将三分之一分散四方，并要拔刀追赶他们。”[①] 或是读读其他类似风格的某个章节。

倒不是因为她喜欢看色情视频，她觉得看那些视频就像吃麦当劳巨无霸汉堡一样让她感到胸口憋闷，当然她也不是什么信徒。她需要的是能感觉到点什么，她需要快乐，需要精神上的满

① 见《圣经·旧约·以西结书》，第六章第十二节。

足，无论是书也好还是视频也好，对她而言并没有什么区别。一到夜里她就会把《圣经》和电脑摆在圆桌上，离自己近近的，不过这些就像吓唬小孩的鬼故事一样，效力越来越弱了。

前一天晚上发生了些不同寻常的事情。在从图书馆下班回家的路上她遇见了一个穆斯林家庭。她看到的那一幕让她感到既好笑又生气。那一家人应该是刚逛完超市，丈夫，一个又高又壮的男人，走在前面，走得很快，而且走路的架势带着股冲劲儿。在他身后几米远的地方走着两个女人，应该是他的妻子和女儿，正努力地想要跟上他的步伐，她们每个人都拎着七个袋子，都戴着头巾，脸颊红红的，大概是累的，在丹尼丝看来，她们的神情好像是在说自己是"模范女性"。她很同情她们，而她一回到屋里就开始上网搜索和伊斯兰教相关的信息了。在点开了无数个网页后她找到了一段伊斯兰国斩首人质的视频。她犹豫了一秒钟，然后点了播放键。

跟她前一天晚上看到的东西比起来，那个概念艺术家的聚会似乎没那么让人备感折磨了。那天晚上，她看到视频里的男人在平静地读完自己的死亡判决书之后就被人用刀割下了脑袋。

她用剃毛器剃了腿部和腋下的毛，在"法国姑娘"的衣柜里翻找着衣服，她最喜欢的是一件ZARA牌的黑色长衫。她在卫生间的镜子前照了又照，确定了她早就想到的情况：衣服太紧了，尤其是胯部。她比"法国姑娘"胖，而且胖了不少。她不想再试其他的衣服了，尽管晚上很热，她还是穿了一件绿色对襟毛衣来遮掩自己的身材。

她出门的时候，收取公共费用的女邻居依旧站在那儿。她加快了步伐，而且极力避免和女邻居有眼神上的接触。那对“楼梯情人”已经站在两层楼之间了。丹尼丝扬了扬眉毛，喘了几口粗气。所谓的“楼梯情人”实际上是一对五十多岁的男女，他们喜欢站在二楼和三楼之间的楼梯上讲情话。女人和她年迈的父母以及她九岁的孩子住在一起。丹尼丝猜测应该是那家人不让那男人进家门，所以他们只能用这样一种荒唐的方式相聚。“公寓楼里的罗密欧与朱丽叶。”她心里想道，还觉得这是件可以和克里斯分享的趣事。罗密欧挺着肚腩，穿了件格子衬衫，袖子向上卷起，牛仔裤脏脏的，而朱丽叶是她家的顶梁柱，老父母都已经年过八旬了。那两人站在楼梯上，这让丹尼丝很不舒服，不过似乎他俩也有同样的感觉，因为丹尼丝一出现他俩就停止了对话，转头望向了其他地方，看上去就像是在做贼。穆斯林家庭、收公共费用的老女人、“楼梯情人”……人类是有多么可笑啊！而“法国姑娘”竟然还想认识更多的人，还想增加生活经验！她根本什么都不懂，她走到底层铁门前时这样想道。她在包里翻找着钥匙，忽然发现自己把它们落在家里了。她坚持翻找着，还把包里的东西都倒在了地上，喘着粗气，又踹了铁门几脚，然后又开始喘粗气，最后坐到了楼梯上，疲惫无比，想着自己为何要为了一个压根就不想去的聚会精心打扮，想着自己是个又胖又蠢的女人，想着自己的孤独，她想笑，又想哭。

几分钟后，她爬上楼请求收公共费用的女邻居能让她借用一下她家阳台翻回到自己的房子里去。她之前已经这样做过了，而那一次女邻居晃着脑袋，脸上的表情好像是在说“这是最后一次了”。

她垂头丧气地走近正背对着自己、依旧在抽着烟的女邻居。不过就在这时，在她开口说话之前，她发现月亮从山后露出了头来。黑夜中的安第斯山在月光的照射下仿佛镶上了一道亮边，月亮慢慢向上爬着，又黄又圆，变大了，也变近了。丹尼丝看了女邻居一眼，她也同样一脸严肃地盯着远山和月光，只不过把胳膊架在了栏杆上，手里还夹着支香烟。丹尼丝有些惊讶，一个想法涌上心头：难道这才是女邻居每天晚上守在这里的原因？等待着，独自一人，静静地等待着月亮的出现。

*

有一天我们玩沿着楼梯扶手向下滑的游戏，妈妈喝止了我们，她说女孩子不应该玩那种游戏，太不像样子了。同一天下午吃点心的时候，她问了卡洛好几个问题，例如她为什么要和外公外婆住在一起呀，她哥哥现在在哪里呀，她每天可以看多长时间电视呀，她爸爸是做什么工作的呀，她哪来的钱能买那么多本画册呀。虽说是出于好奇，但是有些问题确实有些难为她，我也感到有点羞愧，但是卡洛还是一一作答了，看上去毫无不快，这让我觉得她的脸皮有点厚，而我们通常只有在跟大人说话时才会那样。

“他是开吊车的。”她是指她爸爸。我有点不高兴地看着她，因为她之前都没主动跟我聊过这些。“他会给我点钱，不过现在好了，咱俩一起收集就容易多了。”

我吓得心都提到嗓子眼儿了。我低着头等着空中传来妈妈的吼叫声，不过妈妈只是接着同一个话题聊着，就好像她并没有听到卡洛刚提到的我偷买画册的事情。

“我们不给妮科尔钱是因为我们觉得她还太小。但是她的爷爷奶奶还是会偷偷给她点钱。”她用责备的口吻说道。

她俩继续谈论了我一会儿，就好像我不在场一样。我的头脑里闪过无数稀奇古怪的想法。也许妈妈没听到画册的事情，也许她没听懂，也许她以为卡洛只是单纯想和我分享她的画册。又也许她听懂了，只是在等着我俩独处时才爆发出来。

“这样吧，”我们吃完点心时妈妈说道，“明天让你妈妈来接你一下，我想和她聊点事情。”

“聊点事情”，这四个字在我听来就像是死刑判决一般，那一整晚我都在想如何才能在不说出事实的情况下摆脱这种困境。我决定请求拉盖尔的帮助。她那股轻松的态度和跟我说话时的亲切感让我觉得自己可以把买画册的秘密在她和我妈妈见面之前就告诉她，希望她能帮帮我。

“别担心，别担心，没事的，”拉盖尔对我说道，“就交给我吧，这是你和我之间的小秘密。”

“你保证？”我绝望地要求道。

“我保证。”

那正是我想听到的，我开心地给了她一个大大的拥抱。“阿姨，谢谢你。”我说道。拉盖尔弯下腰，也抱了我一下，我能感受到她紧身上衣里的文胸花边贴在了我的脸颊上。

但是我搞错了，我又一次小题大做了。我假想出来的种种灾难都没有出现，例如再也不让我到卡洛家玩啊，甚至是再也不允许我见她啊。她们聊了好几个小时，最后拉盖尔和我妈妈一起走出来说以后就由她负责在家里照看我和卡洛。她们就是这么说的，就好像我们本来就属于同一个幸福快乐的大家庭一样。拉盖尔带着卡洛回家后，妈妈又给我解释了一下整件事情。

“我会给卡洛的妈妈付钱。明白了吗？她每天早上负责打扫卫生和准备午饭，然后照顾你们两个，一直到我下班回家。她不是在义务帮忙，你明白吗？所以要是出了什么状况的话你得及时告诉我。她也知道我们家里的规矩，所以你也要好好表现，总之她做的事情你都得向我汇报，尤其是那些不好的事情，就是其他很多用人经常做的那些坏事。记住没？例如把食物偷带回家啊，整个下午都在睡觉啊，类似的行为。”

我点了点头。

“我选择她来做这工作是因为她是你朋友的妈妈，我会比较放心，但不管怎么说你都得替我留点心，明白吗？”

我又点了点头。妈妈和我说话时用的还是她那一贯的柔和而讨人喜欢的语气，每次她都是用这样的语气来掩盖她那些冷冰冰的真实意图的：命令、警告、纪律、规矩。亲热也好，专制也好，都是为了掩饰她内心的恐惧和缺乏安全感。我和父母相处得足够久了，我可以用一天中的不同时刻来描述他们。爸爸是白天，是早晨的热，是金色的太阳，照得所有东西都发亮发热。妈妈是黑夜，是深蓝色，是寒冷。在他们看来，生活中到处都是危险，爸爸每天清晨五点才能下班回家，妈妈虽然没抱怨过，但却总是不安地走来走去，检查家里的每一个门窗是不是都已经锁好了。都锁好了，她可以上床睡觉了，我感觉女人到了晚上才更像女人，才更脆弱、更孤独。

“现在我们就像亲姐妹一样啦。”我对卡洛这样说道。我早就想这样说了，但还是很惊讶自己能把它说出口，我连自己都被吓了一跳。

*

她的朋友克里斯利用 Grindr 和 Instagram 两款软件在社交方面取得了令人惊讶的进展。

“我是个讨厌同性恋的同性恋，我的心理医生对我说我得多融入社会、多认识点人。”

他们一起抽烟，一起用塑料杯喝着白葡萄酒，在那位概念艺术家的房子内院中最不显眼的角落里站着。克里斯穿了双“城里体面人”常穿的那种黑皮鞋，上身是天蓝色衬衫，配着件牛仔外套，脖子上还挂了条多圈项链。两个人互相夸赞着彼此的穿着打扮，尽管克里斯之前曾经建议她穿衣服要更花哨一点，颜色再多一点，佩饰也得再多一点。“你老是穿得跟奔丧一样，还记得《唐顿庄园》第一集里维奥莱特夫人是怎么说的吗：‘没人会去吻一个穿黑衣服的姑娘’。”

聚会开始得很早，还搞了场概念艺术家的展览开幕式，所以想凑在一起说话可并没那么容易。实际上他们两人都对聚会没什么兴趣，但还是决定不能像失败者那样离开。在正式开始社交之前，他们还是觉得最好先两人私聊一会儿，互相讲讲最近在各自身上发生的倒霉事，评论下这俗套的聚会，再让自己喝得更醉一点。

“太折磨人了。我连 Facebook 都上不了，整天过得迷迷糊糊的，特别焦虑。”丹尼丝喝了一大口葡萄酒，说道。

“太可怕了，我发誓我真的受不了了，每张我拍好然后传到 Instagram 上的照片都让我受不了，”克里斯脸上挂着痛苦的表情说道，“我得好好想想，不过我已经知道这玩意儿的套路是什么了。你得编故事，给你的人生编故事，你明白吗？总之你拍的照片得让人看出来你过得很好，可以和朋友们一起合影，穿得暴露点，反正得让别人觉得你不是个乏味无聊、整天泡在图书馆里的家伙，虽说咱们整天抱怨个不停，而且确实会泡图书馆，但咱们归根到底还是有趣的人，不是吗？我是认真的，丹尼丝，我发誓，没有任何一个我约出来的朋友是闷葫芦。”

“我跟你在一起也从没觉得无聊过。”

“当然不无聊，我们都是有趣的人，怎么会觉得无聊呢。问题是别人不知道这一点，所以得想办法让他们知道，知道得越清楚越好，”他一边解释着，一边又点起了一支香烟，“比起我来，你更适合注册 Instagram，最近那些艺术家们都喜欢拍些黑白照片。”

“我已经不再搞摄影了，我现在在一个购物街里的图书馆工作。”

"我真不明白你为什么要放弃摄影，你以前给我看的那些照片……也是很棒的。你这叫自我抑制，我和我的心理医生也聊过这个话题。"

"有好的相机和镜头，什么人都能拍出好照片来。"她看似心不在焉地说了这话，试图掩藏起克里斯那个"也"字给她带来的刺痛感。

"哎呀，我的意思是你的照片里有些特别的东西，很不一样。"

"我讨厌特别，我讨厌所有人都想要变得与众不同、独一无二。我就想当最普通的那种人。"

"好吧，抱歉我又要打破你'平平淡淡才是真'的幻想了，你刚才对我说的这几句话刚好起到了反效果：你是我认识的最奇怪的摄影师了。"

"因为我是个讨厌摄影的摄影师。我现在只愿意给死人拍照。死人或者是马上要死的人。"

"啊，丹尼丝，你负面情绪太重了。"

"现在连相机都不用负片了，怎么能说我负面情绪重呢。"

"你真没劲。"

"唉，你就让我悲伤一点、忧郁一点吧，就让我相信命运吧！"她把酒杯举得高高的，像演戏一样说了这句话。

"那你就让我多认识几个人吧，我不想一个人孤零零地死去。"

"等到那时候，我一定在场，给你拍一张照片。"

两人很快就喝醉了，他们在人群中寻找着空隙，他们还发现只有起类似于德米安·绍普夫那样名字的人才会有一大群有趣的朋友跟着。当克里斯对她说自己要去趟洗手间的时候，丹尼丝刚刚说服自己要把这当作有生以来参加过的最棒的聚会，要好好表现。克里斯一去就是二十几分钟，他回来时脸色很难看，他解释说自己头疼得厉害，已经叫了辆出租车，车一来他就得走。丹尼丝觉得轻松了不少，但同时又有些失落。

“你这算是自我抑制吗？”

“就像《唐顿庄园》里的汤姆·布兰森说的：‘抱歉，但是我无法让自己为了取悦各位而变成另一个人’。”

她说她要跟他一起走，但是克里斯建议她打消这个念头。至少两个人中间得有一个以胜利者的姿态离开这里，而且，他能看出她已经适应这个环境了。他把多圈项链摘了下来，套在了她的脖子上。

“我用项链来护佑你，祝福你今夜能遇到真爱。”

“你这是想让我当个爱情勇士吗？”

“我看见你和一个男的聊天来着，”克里斯挑了挑眉毛，用一只手捂着脸，嘟囔道，“我就是想让你当一个爱情追逐者罢了。”

她决定不再站在角落里了，她眨着眼睛，有些迷茫，想努力使自己看上去显得迷人一些。她想表现出自己留在聚会上完全是出于自己的决定，而且这个决定不是错误的。她在场子里悠闲地走着，尽力展现着自己的魅力，但是她走路时晃得厉害，而且事实证明她有些乐观过头了，只有很少几个人会带着微笑瞅她一眼，没错，而且那种笑是嘲讽的笑，就像是在看着一个小丑。一个很年轻的姑娘拥抱了她，对她说她也留意到那些人的态度了，不过她觉得她们得看开些。她惊讶地看了对方一眼，飞快地走开了。

最后她总共和三个男人说了话。第一个就是克里斯提到的那个人。他长得不帅，但是也不丑，没那么丑，不过话说回来，她也不是这次聚会里最漂亮的姑娘，大概也正因此那个男人才敢跟她搭话的吧。他走路很快，三十多岁，是个诗人，不过看上去身上没什么傲气，说话声音也很小，目光飘忽，总是聊着聊着就望向地面。他们一起笑着，在某一刻，毫无预兆的，丹尼丝背诵起了安德烈·塔可夫斯基[①]导演的电影里出现过的帕维尔·索斯诺夫斯基所写的信来："我可能会试着不回俄国去，但是光是这样想想就够要命了……因为让我一辈子都再也看不到我出生的村子和那里的白桦树，再也感受不到我童年的气息是完全不可想象的。"他则引用比奥莱塔·帕拉[②]《女花匠》中的几句歌词作为回应。两人相处得非常愉快，直到他说了句她是他认识的人里面最特别的一个。丹尼丝强忍着不让自己大笑起来。"特别"，又有人说她很特别了。抛开别的不说，他们才只认识了不到三十分钟而已，而她压根就不想当"特别"的人，无论对这个男人也好，还是对其他人也罢。她忍住笑是因为她发现诗人变得不安了起来，不到一分钟之后他就走开了。第二个和她说话的男人是一个留着大胡子

① 安德烈·塔可夫斯基（Andrei Tarkovsky，1932—1986），苏联导演。后文出现的帕维尔·索斯诺夫斯基是塔可夫斯基在电影《乡愁》中虚构的18世纪俄国作曲家。

② 比奥莱塔·帕拉（Violeta Parra，1917—1967），智利作曲家、作词家、音乐家。

的记者，戴着一副咖啡色宽边老式眼镜。她当时正向厨房走去，想给自己再添点葡萄酒，然后就遇见了他。当时刚好响起《男孩别哭》[①]里的音乐，还有人即兴跳起舞来。歌曲一结束，那个记者就凑了过来问她愿不愿意和他聊一聊，那时她终于大笑了起来，手里拿着酒杯走远了。第三个人是一个青年音乐家，至少是比她小几岁。他很瘦，穿着带条纹的三件套礼服，衣服有点大，显得他更瘦了。他留着一头长发，脑袋后面扎了条小辫儿，留着小胡子，还戴着耳环。她在他弹着吉他唱着吉卜赛谣曲的时候就开始观察他了。他不帅，但是他投入的状态显得很迷人。最后她走过去和他聊了起来。不过这位吉卜赛音乐家压根就不太搭理她。他们一起跳了支舞，不过整个过程中他都在通过一个黑乎乎的大窗镜面的反射来欣赏自己的舞姿，他大概只会为自己着迷吧。

离开聚会之前，大概是凌晨一点半左右，她终于确信来参加聚会的都是一些讨厌的人。病态、虚伪、肤浅、做作。那些男人……就像她曾经读到过的文字里写的：最可怜的就是男人了！而她竟然还渴求他们的关注！她在包里翻找着手机，想看看时间。在手机旁边她发现了一张小纸条，那是更换自行车车胎的收据。车胎已经换了几个星期了，但是她还保留着这张收据，因为修理工在背面写了“漂亮的眼睛”这几个字。第一次看到这些字的时候她露出了甜蜜的微笑，感受着这份单纯的赞美，但是现在，在喝光了杯中的葡萄酒、准备起身回家之前，她才终于想通

---

① 《男孩别哭》(*Boys Don't Cry*) 是 1999 年上映的美国电影。

了这才是她需要的东西。不是和别人分享彼此的生活，也不是被夸赞说自己“特别”。她想要别人对她说一些更具体的话。她更喜欢一个像那位修理工一样的男人，靠双手扎实地做事情，而不是靠甜言蜜语哄人开心。

喜欢。她喜欢。她需要。

这几个词在她穿过临街大门的时候还在她的耳畔回响着。也许是出来的时候被寒风扑了脸，又或者是看到又圆又黄的月亮依旧挂在天上，再也许是醉意未散，而她又要在凌晨一点半独自一人上床睡觉了，总之她又一次感受到了，也是那天晚上第二次感受到，羞辱感和对自己的厌恶感。

她不知道应该怎么回到公寓，但是她选择一直往南走，沿着一条和安第斯山平行的道路走着。她前面走着三个人，身后没人。她也不知道这条街的名字，但是她感到很亲切。附近很破败，路面坑洼不平，到处都是裂缝，能看到下方的石块和表层新铺的水泥，更远一点的地方，拐过街角后，有一条更旧更破的路。可能不是同一条路，但是她确实走过一条相似的路，就离这里不远。那是在三年前，在她距离爱情最近的那段时间里。她和一个男人来到了一栋废旧公寓楼的屋顶平台，男人对她说钥匙是他的一个邻居给的，而且只有一把，他相信邻居说的是真的。那也是一个夏日夜晚，虽然楼顶会不时吹来阵阵凉风。她也相信那个邻居的话，因为他可能也曾经出于同样的原因到这里来过。他们先是一起喝了香槟，吃了橄榄、奶酪和男人买的大腊肠。然后两人一起走近楼顶边缘，目光穿过佩古尼亚·马肯纳大街，向西边望去。两人挨得很近，丹尼丝都能感觉到他眨眼的动作。他们听着大街上车来车往的声音，在某个时刻男人说自己从来没有来过这里，他想在附近转转。于是她独自一人待在原地，望着天空，她看到地平线的方向闪烁着一架飞机的夜航灯。飞机就像是在平着飞行，既没升高也没降低。她转过身去，寻找着那个男人。她看到他在供水站附近出现了，走到一个小仓库附近又消失不见了。她有种奇怪的感觉，她觉得自己可能是见到了一个幽灵，或者是看到了类似于阿塔卡玛沙漠中的沙丘一样的东西。那个男人就像是浮在空中的尘土。一直到她收拾好东西下楼准备离开的时候，男人才再次出现在她面前。他在等她，在她离开前，他把门厅里的灯罩卸了下来，像帽子一样戴到了她的头上，两个人都笑了，他吻了她。当丹尼丝问他为什么要这样做的时候，男人回答说："因为你长得很像她，我一看到你就想起了她。"

她找到了一个车站，坐了下来。在路过一个垃圾箱的时候她把那张收据撕碎扔掉了。和她一起去过屋顶平台的男人曾经说她有些不一样，他是带着挑逗的意思说那句话的，但当时她就不喜欢类似的话。特别，不一样……不，她不要这些，特别就意味着孤独。西伯利亚虎很特别，连它也很孤独。她觉得自己对待那位诗人的方式有点不公平。他看上去很单纯，而且他还明白她引经据典时想要表达的思念的感情，她引用的不正是关于家乡的美妙话语吗？但她却吓跑了他，她感到很遗憾，不过她不会再回头找他了。现在不会这么做，以后也不会。她只是单纯无法做到这一点罢了。

她回到公寓楼的时候，“楼梯情人”还站在楼梯上。他们一看到她走上来就不再说话了。男人抽着烟，匆匆忙忙地闪过身子给丹尼丝让路。而女邻居则试图把手中的酒杯藏到身后，还低下了头。丹尼丝也是低头盯着地面上楼的。再走上几级她就要转弯了，等到转过弯就看不到那两人了。可就在这时，一个小孩出现了，是那位女邻居九岁的儿子。她只是听到有人的脚步声传了过来，但她还是转过了身来，就好像这事跟她有什么关系似的。她曾经在埃克托开的商店里遇到过这个小男孩去买面包，还曾看到他在楼道里独自一人玩小汽车。现在他的手里拿着一个变形金刚玩具，正站在“楼梯情人”面前，用愤怒的眼神盯着他们三个，然后快步跑开了，边跑还边喊叫着：“妈妈！赶快回家！”

当她回到公寓里，关上门，完全置身于黑暗中时，才突然有了那个想法。

温迪嬷嬷不喜欢自己的名字，因为《彼得潘》里那位端庄有教养的姑娘也叫温迪。在很长一段时间里她都自称米歇尔嬷嬷。有一次人们取笑她关于做祷告的人终将接受神恩的说法。那么那些无神论者或是单纯因为懒而没做祷告的人呢？请淡定些，嬷嬷回答道，只怕在这个世界上所有人都曾在午夜时分生出过羞愧感或是发现过自身的不完整，对我而言这就是一种祷告。

丹尼丝飞速冲下楼梯，把自己的想法告诉了那位女邻居，而她却像是感觉自己被冒犯了，投来了冰冷的目光。过了一会儿，当丹尼丝已经倚到床上，把笔记本电脑放在腿上的时候，“楼梯情人”的敲门声传来了。

*

第二天是拉盖尔来接我和卡洛放学的。她还是穿着我第一次见她时的那身衣服，扎着头发，一双咖啡色的眼睛，嘴唇上涂着淡红色的口红。她掏出钥匙，胜利式地冲我们笑了笑，然后打开了栅门。她说大家都在等着我们吃午饭了。

我上楼到我的房间里把我和卡洛的书包放下，房间的整洁程度大大出乎我的意料，我又跑到爸爸妈妈的房间转了一圈，也是同样整洁。窗帘收得整整齐齐的，窗户敞开着，屋里的空气很新鲜。床叠得很板正，连地上的瑜伽垫都收好了。太整洁了，半点脏东西都没有。我和爸爸从来不帮忙做家务，我们只会热饭，热完早饭热午饭。妈妈上班前会把早饭做好，牛奶放在奶锅里，水壶里灌满了水，都放在厨房灶台上。抹好果酱的烤面包片摆在桌子上，和水杯放在一起，杯子里有给爸爸准备的咖啡和给我准备的营养麦片。房子里所有的卫生间也都是妈妈打扫的，有时候是快快清理，有时候则要花上一整个下午。妈妈有时还得负责擦亮书房里的小装饰铜钟，或者是把窗户卸下来进行双面清洁。她请来打扫卫生间的阿姨们永远都达不到她的要求。我之前还在担心如果妈妈不喜欢拉盖尔干的活的话，我和卡洛的友谊可能就要受到影响了，可是看过房间的状况之后这种担心就烟消云散了，一切都很完美，我之前的担忧现在看来是多么可笑啊。

爸爸已经坐在餐桌的桌首等着了，我坐到了桌子的另一端，那是我在这张长方形餐桌上的固定位置，其他人的位子则经常变化。卡洛坐在边上的一个位子上，拉盖尔则说说笑笑个不停，就好像这个画面让她觉得很有趣似的，她把菜都端上桌，然后坐到了她女儿的对面。她做了菜泥配猪排，这是我爸爸最喜欢的菜了，我在想是不是妈妈已经提前把他的这一喜好告诉阿姨了。

爸爸夸赞着饭菜的美味，而拉盖尔则回答说“谢谢，贡萨洛”。吃完饭后爸爸抽出一支他在机场买的薄荷烟。拉盖尔开玩笑说那是女人抽的烟，爸爸很严肃地回答说永远不要以抽的烟的种类来判断一个男人。那时候我很担心爸爸是真的生气了，不过他立刻微笑了起来，我也感觉轻松了许多。

在拉盖尔负责照料我们的第一天里，我和卡洛的关系变得有些怪怪的，怎么说呢，不太正常。我觉得我的朋友似乎有点心不在焉，这让我有些迷茫，我感到自己就像是只小飞蛾，需要卡洛身上发出的光，不过我的直觉告诉我恰恰是这种状态让事情变得糟糕了起来。我可以接受她的冷漠，不过这种冷漠让我觉得她好像是被雇来陪我的一样，我就像是广场上的鸽子，卡洛经常会望着那些鸽子，不过不是出于小孩子们的好奇，而是像大人们一样用一种冰冷的目光望着它们。对她而言，我似乎不再特殊了，不再是在她心里占据着重要位置的朋友了，也不再能进入到她的思想中了。当我们来到她外公外婆家的时候，她直接跑向书架，把画册分成两堆，“那一堆是你的。”然后坐在地毯上，似乎在思考着些什么，一句话也不说。我也没有打破这种氛围，而是蹲在她身边，看她机械地翻动着画册。有一次我跑到拉盖尔的梳妆台旁，拿起一瓶润肤膏涂到了脸上，用蓝色眼影和深红色口红化了妆，然后跑到卡洛跟前摇晃着双手，我的手上正戴着她妈妈的手镯。我想让卡洛和我一起玩，但她却只是抬起头来，用感到无趣的目光看着我。

我梦想着能和卡洛手牵着手一起走，但她好像对这种身体上的接触感到很排斥，任何种类的触碰她都不喜欢。我们曾经一起编出了一套密语，但是我认真用密语写的每一封信她都没有回复，虽然我很注意字迹的工整，也精心挑选了信纸和信封。另一件让我有些不安的是关于男孩子们的事情。我是个感情丰富的女孩，我会去调查我喜欢的男孩的名字以及他的父姓和母姓、喜欢的球队，甚至是他爸爸妈妈的名字。我想把这些秘密和我的朋友分享，但是对她而言好像这个世界上压根就不存在男孩这种东西，起码从浪漫的角度看是这样，这和我完全不一样。

卡洛改变了我脑海中对友谊的定义，但我还是试着去学习适应她，尽量跟着她的节奏玩耍取乐。所以当那天下午事情有所变化的时候我真的被吓了一跳：她站在我身后，问我要玩些什么。我想可能是新的生活状况让她有些不适应，拉盖尔总是在我们身边走来走去，而且表现得非常自然，可能就是拉盖尔在我家里这一点让她觉得不舒服吧。拉盖尔再也没提过关于画册的事，她提议说给我们放个电影，还说我们看电影的时候她想给我扎个辫子。卡洛的眼睛里空荡荡的，我看见她摇了摇头。

“来看看我们能把这一头短发搞出点什么花样来……我要给贡萨洛说你已经长大了，不再适合留这种男生的发型了。”

“也许她就喜欢这样呢。”卡洛有点生气地说道。

我不知道自己该说什么。我之前是挺想留长发的，但是自从和卡洛交了朋友后，短发就不像以前那样困扰我了。

当我俩终于有机会独处的时候，我问卡洛是不是她妈妈在我家里让她觉得不舒服。我刻意用了“在”这个词，而没有用“工作”二字。

“不。”她一脸严肃地答道。

“真的吗？”我坚持问道。

“当然不。她在这儿要比在商贸中心干活好。”她回答时咬紧了牙齿，似乎有点生气。我从来没有见过她这副样子。我感觉她内心里在挣扎着，但是我不敢继续问下去了。

接下来的几天风平浪静。事实上我们逐渐适应了新的情况。家里到处都飘着拉盖尔身上的安妮香水和生菜润肤霜的味道，整个房子又干净又整齐，而且拉盖尔做的午餐也很好吃。她一如既往地走来走去，脸上挂着微笑，看上去很美。爸爸的心情似乎也好了很多，也更有精神了，他已经不再暴躁易怒了。卡洛似乎也更在乎我了，她甚至送了我一本空画册，让我用想要去的地方的照片把它贴满，等我们长大后就可以一起去了。

我看过一个让我很困惑的电视节目，我们一起聊了那档节目后就决定要一起旅游了。那是在一天夜里，我和妈妈一起看电视，电视上播放着一档名为《特别报告》的节目，这一期讲的是来到智利的南斯拉夫难民的故事。节目里讲了他们在受战争、饥饿和寒冷所迫来到圣地亚哥后的生活。一个男人，那群南斯拉夫难民中的一员，冲着镜头喊叫着，说他想让政府把他送回去，说他想回南斯拉夫，因为在智利他们只能挤在一个小房间里，什么都没有，没有医疗保障，接受不了教育，也找不到工作。他说智利比他的国家还要更冷，他们什么取暖设施都没有，在智利的生活一无是处。我对他那嘶哑的、病态的嗓音印象深刻，他暴怒地大吼大叫着，脸上满是绝望，当他说比起待在智利他更愿意回到战火中时，那股绝望感更强烈了。我问了妈妈一些关于那男人说的话的问题，她回答我说没人能选择自己住在哪里。“但是他又不是出生在这儿的，是人们把他带来的。”我坚持问着。“他除了适应别无他法，每个人都是一样。”她总结道。我甚至都不知道南斯拉夫是在地图上的哪个位置，但那天晚上我做了好几个和那个国家有关的噩梦。第二天我就问卡洛如果她可以当超级英雄的话，她会选择拥有什么超能力。她想了几秒钟，然后说什么都行，只要是超能力就可以。我有些惊讶地看着她。她有没有看前一天晚上的那档节目呢？我给她讲了节目的内容，然后说我觉得我们智利人什么超能力都没有。阿根廷人和巴西人会踢足球，还有探戈和桑巴，我举例道。“对，”卡洛表示认同，“出生在智利可真倒霉啊。我总是这样想。我之前还想过自己是女的也算挺倒霉的，但是现在已经不这么想了。”当然不，我激动地说道。卡洛和我有同样的想法，这令我很高兴，我觉得自己更聪明、更机敏了，就像卡洛一样。我们继续列举着其他国家的优势和超能力，更让我高兴的是，我们最后达成了一致，要一起到那些更好的国家去。

拉盖尔送了我一些她的旧杂志，我们三个人一起给那本空画册里贴了好多图片，有温莎城堡、白金汉宫、摩纳哥王宫、萨苏埃拉宫。还有一些不同国家和城市的旅行图片。我们最想去的地方是雅典、罗马、东京、巴西、阿根廷、俄罗斯和南斯拉夫。爸爸问我们在做什么，当我们给他做了解释之后，他有些生气地看着我，说我们什么都不懂，还说那些离开祖国的人会失去许多东西。拉盖尔安慰着他，让他不要生气，还说我们只是在玩玩罢了。他们俩一起笑了，爸爸离开后，卡洛对她妈妈说："这并不是一场游戏。"

在画册的最后几页我贴上了些从装修杂志里剪下来的图片：一个极简主义的客厅、一间未来主义的厨房、一个古典主义的洗手间。我没把它们给任何人看，这是属于我自己的小秘密，我希望在我长成独立的大人后能实现这些愿望。

妈妈一进门就躺倒在了床上，连工作服都没脱。拉盖尔给她汇报了白天的情况，然后带着卡洛一起走了。我有时候会陪她们一起回去，还有时候会留下继续和卡洛玩。卡洛变得很亲近我。她喜欢跳舞，有时会播放着哈瓦斯乐队①的磁带，然后拉着我的手和我一起在客厅里转圈。她最近更有活力了，有一次还拉着我到商贸中心看橱窗里的商品。我们坐在保拉咖啡馆里吃点心，她给我说点心是她和她妈妈一起做的。她给自己买了双小皮鞋，还给我买了件衣服和一双雨鞋，但是她让我别把这事告诉我爸爸。

六月份的时候发生了一场教师罢工，罢工持续了大概两个星期，我们利用那段时间骑自行车出门游玩，每天早上都去，爸爸、卡洛和我，而阿姨则待在家里做午饭。我们有时候还会四个人一起到空军基地广场上去荡秋千。爸爸刚开始接触卡洛时似乎还不是很喜欢她，这曾经令我有些难过，但是在经历过那段假期

---

① 哈瓦斯乐队（Los Jaivas），创立于1963年的智利乐队。

之后他们亲近了不少，他甚至拿出了他的跳棋来让我们一起玩，还给卡洛讲那些他曾经给我读过的奇怪的宗教故事，例如那个试图躲避上帝的男人的故事。在某个下午，他带着他的相机下了楼，用一整套胶卷给我们拍了照。这下又可以摆满更多相册啦。卡洛问爸爸借相机来看，那是台很简易的奥林巴斯相机，但爸爸还是用它来教卡洛怎样拍照。最后他把相机摆在电视机上，设定了自动拍照，然后跑到我俩中间来，我们三个人一起坐在客厅里的大椅子上。“来铭记这一刻吧。”他这样说道。我趁机拉起了卡洛的手，她的手指紧紧地和我的扣在了一起。

*

她穿着睡衣打开了门，说是睡衣，其实就是一件又脏又旧的无袖长衫。她甚至都没把客厅的灯打开：她知道来的是他们。敲击木门的声音很缓慢，显得有些迟疑，没按门铃，肯定是他们。她一开门就看到了站在走廊里的两个人，是“楼梯情人”，不过门外的两人似乎看不清开门的是不是她。她笨拙地笑了笑，说了声抱歉，然后打开了灯，这个举动让她觉得自己更笨了，她忽然紧张了起来，因为她这时才发现自己是穿着那件睡衣开的门，就是那件“错当睡衣”的长衫，这长衫是由于一系列不幸的事件才被她拿来当睡衣的，是她乱堆和乱拿东西的结果，而造成的后果就是她现在几乎是裸着给他们开门的，就好像她在暗示什么似的。因为他们自然会那样想：这是位年轻而放荡的女邻居——尽管他们从来就没看见过哪个男人曾经来她家过夜，甚至都没有男人送她回家过——她肯定是最近才堕落的，毕竟她穿着这么件衣服就来开了门。

“请进，”丹尼丝邀请道，尽管她的腿和脚都是光着的，但她还是试着想让自己表现得正常些。她又笑了，但这次似乎带着点挑衅的意思，好像在说：请进，请进，我没什么可害臊的，没什么能让我不好意思。

那对情人走进屋子，或者说是朝前走了几步。三个人静静地对视着，站着，面对着面。他们在互相打量着，至少丹尼丝是这么认为的，因为她当时做的恰好就是这事。很明显他们都还没能下定决心，三个人都没有打定主意，她想道。不过更有可能是在经过讨论之后，那对情人决定尝试一下，是的，他们想试试看，所以现在他们来了，站到了屋子里，他们会在这里做出最后的决定。这样更容易些：他们要看看房间的状况和女邻居的态度，观察下她的嗓音和目光，好也罢坏也罢，都能帮助他们决定是否要接受她的建议。而对丹尼丝来言，她也还来得及反悔，只需要说自己并不是那个意思、说那只是自己醉酒后的胡话就行了。

他们并不了解彼此，所以他们互相打量着，丹尼丝心中的天平开始倾斜了。不，那不是个好主意。主意是在那天晚上她转身走下楼梯看到他们后做出的，她当时就是觉得他们可怜，所以才邀请他们到自己的住处来幽会，而现在他们就活生生地站在她面前了。想着一位老人将死时的可怜与亲身听到老人的唠唠叨叨、闻着老人身上散发出来的恶臭可绝对不是一回事。

“我叫胡安·卡洛斯。”男人伸出手来，做了自我介绍。手不大，但是很厚实、粗糙，手掌上的纹路黑黑的，就像是文上去的一样，指甲也有些黑，比平常人的要黑，所以丹尼丝猜测他是靠双手吃饭的，很可能是捣鼓机油器械的。也许他也是个修理工，而且不太经常用肥皂洗手，或者他洗手的地方压根就没有肥皂。

“我叫丹尼丝。”她回答的声音有些空洞，就好像她不确定自己的名字一样。

“丹尼丝？”胡安·卡洛斯有些惊奇地问道，“是吗？这是你的名字吗？你不喜欢你的名字？”

女人站在他们身后，很不起眼，几乎没什么存在感。她不说话，有些神秘，就好像正在发生的事情和她没什么关系似的，又好像她只是件被交易的商品，没有发言的权利。不过也许她只是觉得她们已经当了好几年邻居了，丹尼丝肯定早就知道她的名字，了解她的经历和她的不幸。

但胡安·卡洛斯和她不是一类人，他话很多，是个心里藏不住事的男人，有些自来熟。他脸上的皮肤没什么光泽，还有些痘痕。看上去有快两天没刮胡子了，那些胡茬看上去就像是一块块脏灰。这么看来他的脸和手还是很配的：看上去都硬硬的，像是块未经处理的木头。丹尼丝还留意到他有一头又黑又密的头发，这让她挺喜欢的，他的鼻子很大，鼻梁有点歪，眼睛周围有很多皱纹，他的眼睛很黑，就好像他工作时操作的机器上的机油全都汇集到了里面。他的目光坚定，可能他一直就是那样的，就像是个刚被父亲揍过的男孩子，虽然被打了，但是依然理解自己的父亲，爱着他，也感谢着他。他肯定是在农村长大的。一个乡下人，她邀请了这样一个人到自己的住处，一个憎恨圣地亚哥、憎恨拥有水泥楼梯的圣地亚哥居民的乡下人。

“你好像去过不少地方啊。”他看着墙上挂着的、插满不同颜色图钉的巨幅世界地图，有点嘲弄地对丹尼丝说道。图钉上钉着不同国家的旅行照片，不过就和客厅里其他的装饰品一样，这些都是“法国姑娘”搞的。

“是的。”丹尼丝答道。

“有什么用吗？”他有点轻蔑地问道。很显然他是个靠物品的有用程度来判断其价值的人，一个单调的人，一个不爱挪动的人，只喜欢在同一片土地上生活，旅行对他而言就像是种冒犯。

“当然了。”丹尼丝答道。她的脸上挂着甜美的微笑，好像是想刺激他。

“挺好。”他用这两个字结束了对话，然后依然满腹狐疑地打量着丹尼丝的住处。他把手搭在了女邻居的身上，倒不是出于亲近，更多的是一种保护。

女邻居穿了条很短的牛仔裙，一件黑背心，无论是短裙还是背心都有些显小。她有一头咖啡色的长发，扎成了一条马尾辫，戴着一副大框眼镜。如果说胡安·卡洛斯只是让丹尼丝对自己的决定有些犹豫的话，那么这位女邻居就着实很让丹尼丝排斥了。她正是丹尼丝厌恶的、想要去批判的那种女人，一个需要被自己的男人介绍给别人的女人。虽然她个子挺高，但看上去就是很不起眼，总是显得局促不安、唯唯诺诺的。苍白，虽然她有一层透亮的褐色皮肤，但这女人给人的感觉就是苍白乏味。

“好了，咱们就按之前说的来吗？”胡安·卡洛斯问道。丹尼丝现在必须做出决定了，她回答说是的，尽管她只是不想显得自己被吓住了或是不想表现出犹豫不决的样子，她不想让自己在男人那坚定自信的表情面前落下风。胡安·卡洛斯问了几个问题，她一一做了回答。他们两人谁的腰板挺得更直呢？这好像变成了一场比赛，而这种对立感把两人联系到了一起，就如同父亲和女儿，或是哥哥和妹妹。

他们没人留意女邻居，而是一同向丹尼丝的房间走去。

胡安·卡洛斯难以掩饰自己看到杂乱又毫无装饰的房间时那惊讶的样子，和客厅比起来，这里就像是一片荒地。她笑了笑，又耸了耸肩。她拿起电脑，说了句“不打扰你们了”——这话其实没什么意义，因为当时房子里只有胡安·卡洛斯一人——然后就钻进了“法国姑娘”的房间。

他们斜倚在丹尼丝的单人床上，而丹尼丝则躺在“法国姑娘”的双人床上。她没有关门，女邻居也没有。她很确定是女邻居决定把门半开着的，因为她是最后一个进房间的人，而且这和她的性格很相符，起码丹尼丝是这么觉得的。她是那种用不关门的方式让别人不要瞎想的女人，尽管实际上他们确实是要做那种事的。她不敢面对自己的行为，她不想承认自己是个忍不住娇喘的、假正经的女人。

那是她听到他们做爱的第一个晚上，她只能靠听的。她曾经听到过“法国姑娘”和男人做爱的声音。尽管“法国姑娘”的呻吟声很好听，柔媚而富有节奏感，但那声音却让丹尼丝很紧张，甚至让她到达了绝望的边缘。她让自己和电脑一起缩在被子里，把电脑音量开到最大，好让自己能专注于温迪嬷嬷的南非口音或是某位白俄罗斯色情女演员的叫声中。

但胡安·卡洛斯和女邻居做爱的声音却不一样。她最先听到的是金属和木头撞击的声音，这让她感觉自己似乎亲眼看到了他们：进入正题前，胡安·卡洛斯先摘下手表，把它放在了圆桌上。然后传来了一些沉闷的响声，声音逐渐清晰起来，然后突然有一声咳嗽。她没听到大声的叫喊，也没听到撞击的声音，但是可以听到两个身体的摩擦声，听到呻吟声和喘息声，那毫无疑问是因疼痛而发出的声音，她听出了一种因难以拥有而生出的伤感，既不和谐也不匀称。就好像性和爱情是某种需要忍受的东西，而伤心痛苦却成了常态和美德。丹尼丝逐渐让自己随着那些声音放松了下来，她深深地呼吸着，不知不觉就进入了梦乡。

第二天早上醒来后丹尼丝发现她的房间里已经没人了，床也铺好了，铺得很平展。真规矩，就和那位女邻居一样，因为很明显床肯定是她铺的。有点要面子，但是又很敏感。丹尼丝把脸凑了过去，闻着床上残存的味道，她永远都不能像女邻居这样去铺床。

在她住在这栋公寓楼的最初两年里，每天晚上十二点半到一点之间她都能听到一种持续的声音，她心里每数四下，楼上就会传来一声敲击声。丹尼丝不知道每层楼的布局是否都是一样的，也不知道住在她楼上的是什么人，但是通过声音她想象出了一个人坐在楼上拍网球的样子。她知道自己的这个想法很蠢，谁会大半夜的坐在家里拍半小时网球或是做类似的事情啊？刚开始那个声音让她感到很烦，她不止一次想要上楼抗议，但是随着时间流逝，再加上她想出了某种解释，那声音就不再困扰她了。她想象楼上住着一个男人，她很喜欢假想出那种没有表情的男人，既不喜悦也不悲伤，但是她想象的男人一定要足够专注、有条理，就像传来的那个声音或是那拍球声中间的停顿一样。

胡安·卡洛斯和女邻居每三天会来一次。他们夜里十一点半敲门，然后按照三人之间的约定在一点钟时离开。

她给他们开门时会在睡衣外面再套一件灰色外衣。胡安·卡洛斯总是会伸出手来。“晚上好，丹尼丝。”他总是不怀好意地在说出她的名字时提高音量，就像是想让她觉得他知道她的某个可怕的秘密似的。“晚上好，胡安·卡洛斯。”她回答的时候则极力保持着平和。女邻居总是用点头来打招呼，而且每次都站在男人身后，手里还会提个袋子，里面装着用来替换的干净床单。丹尼丝本来觉得在上周五她第一次听到他们做爱之后，女邻居肯定会变得更紧张、更害羞。但现实情况却刚好相反。她原本保守的态度里突然生出了某种积极的因素。那不是骄傲，更像是种顽强。过了一段时间后丹尼丝开始感觉女邻居像是个朝圣者，一个总是走在同一条道路上的行者，而且总是跟在同一个男人身后行走，但这并没有使她显得不够勇敢，恰恰相反。在那副眼镜背后，在那不引人注意的身体里，在那紧身的衣着的包裹下，在那淳朴外表的隐藏中，生活着一个勇敢的女性灵魂。

胡安·卡洛斯经常会评论天气或是新闻，但从来都不问丹尼丝过得怎么样，也不问丹尼丝在想些什么。他对她的生活不感兴趣，也不想装出和善的样子。他有什么理由要伪装自己呢？丹尼丝并不喜欢胡安·卡洛斯，但她也因此有些尊重他，因为知道这个世界上并非所有人都愿意始终保持微笑和向别人打开心扉无疑是件可以让人放松下来的事情。

在客厅里礼节式的寒暄一般会持续不到五分钟，然后她就会到“法国姑娘”的房间去，而他们则到丹尼丝的房间去。两个房间互相挨着，门都虚掩着。每三天一次。

他们在房间里总是做着同样的事情，连顺序也没有变化，就像是在演话剧一样。前奏是对话，只不过丹尼丝听不清他们说了些什么，因为他们说得很慢，听上去只是些零散的低语声。可能就是说些家长里短吧，彼此分享一下白天经历的事情、每天的一些常态，又也许只是在抱怨每公斤鳄梨那高昂的价格或是二月份那让人难以忍受的酷热，也可能是女邻居在讲述自己家里发生的事情，或者是某些可以把他们引到接下来的动作中去的低俗话题。事实上丹尼丝对他们还是一点都不了解。她不知道他们是做什么工作的，不知道他们喜欢哪种音乐或是看哪种电视节目。他们和自己的前妻或前夫有什么矛盾吗？还是说他们是一对五十多岁却从来没结过婚的情人？为什么女邻居的家人不让他们俩进家门呢？为什么他们不到男方家里去呢？他们每次只聊很短的时间，而后面的一系列动作和声音却会持续很久，这让她觉得有些滑稽。尽管丹尼丝其实很享受这种时间安排。她相信她和他们如今已经有了某种默契，那对情侣信任她，她也信任他们。一个人只有在不对某人的底细一清二楚的情况下才有可能对他产生信任。

一听到桌上闹铃的响声，丹尼丝就从“法国姑娘”的床上爬了起来，闹铃的声音很自然，但是他为什么要设闹铃呢？是出于习惯还是有什么别的意思呢？丹尼丝知道学校里有很多老师有类似的习惯，他们会在上课前摘下手表，把它放在桌子上，以掌握好下课时间。但是她不清楚胡安·卡洛斯为什么要设闹铃。他是为了掌握好时间，还是为了把时间忘掉？

她小心翼翼地躲在自己房间的门外，通过一面化妆镜看着他们。房间里一丝熹微的光芒从女邻居留下的大约十五厘米的门缝照了出来、反射在她的脸上。性爱也无法透露太多的信息。在偷窥他们的过程中，她一直在猜测着这对情人之间的秘密。通过他们的体位，通过他们互相触碰的方式。他们之间似乎存在着某种距离，但又恰恰是这种距离在吸引着他们。他们连脱衣服时都很不麻利，有些拐弯抹角的，而且从来都不会让自己全裸着出现在对方面前。她推测那种遮掩感可能源自自己视觉上的限制，她无法像看色情视频时那样用最直接的视野去观察这一切。那两人时不时就会从镜面里消失。但是她喜欢这样。她一直就觉得自己喜欢在街头随机拍照，她很喜欢那样摄影的感觉，摄影师无法在街头下命令，他没法说“你摆出那个姿势来！”。这不是一个物品展示柜，这种半藏半露的感觉吸引着她，总有些东西是隐藏起来的、不可接近的，这让她感觉更兴奋了。

很难说他们有些老迈的身体能给彼此带来满足感。胡安·卡洛斯有点胖，尽管他多年来所从事的体力劳动使他的皮肤保持着弹性。他的胸部和腹部会让人想起猿猴的胸腹，胳膊弯着，毛很多，但胸前却没有毛。女邻居的胸部则很松弛，已经下垂了。一道剖腹产的疤痕把胸部和腹部分隔开来，这又是一道界限。另外，女邻居的胸很大，胡安·卡洛斯的那双小手压根抓不过来。丹尼丝猜测他们惯用的体位肯定是他在上面或是后面，由他来掌控一切，但事实却是女邻居经常骑在他上面，引导着他的手抚摸着她，同时自己也在抚摸着自己。不过这并没有显得胡安·卡洛斯像是个受支配者，他总是精力充沛，手不断在她身上游走着，他能在别人的房子里保持坚挺，在每个步骤里都掌控着她。这就和他说话时表现出的那种气场很相似，就好像他在内心深处不无骄傲地提醒着她们只有他才能决定哪种处理事情的方式是正确的。

他们的性爱很常规化，既没有激烈的动作，也不尝试不一样的、高难度的体位。他们并不给性爱增添过多的修饰，只是单调地触碰着彼此，按照他们习惯的节奏缓慢地进行着一系列动作。不过这些都没有减弱他们的激情，很明显他们渴望着彼此，而且能够感受到巨大的快乐。这一点也很让丹尼丝欢喜，他们的这种系统性让她觉得非常浪漫。他们压根就不需要尝试新的体位，因为他们很清楚怎样能使自己感到满足。一切都是可以预见的，就像是一种仪式，也因此丹尼丝可以预料到他们即将做出的动作，然后随他们一起进入到相应的状态中，她好像也参加到了这场仪式中去。

情人在表演着，而丹尼丝在解读他们的动作。她聚精会神地盯着他们，诠释着他们，她任由自己迷失在他们的动作中，忘记了自我、逃离了自我。她既没有孤独感又没有距离感。她并不是一个偷窥者，因为女邻居时不时地就会朝她这边望一眼。尽管女邻居看上去有些疲惫和迷茫，但她投出的目光绝对不是漫无目的、随便射向某处的，因为她的目光每一次都能准确地和丹尼丝的目光交会在一起。她的眼神中充满智慧、混沌和痛楚，而丹尼丝回还过去的目光也是如此，她们就像是同谋一样在交流着。她用淫秽而又充满感动的眼睛观察着他们，厚颜无耻地望过去，感觉自己也在那里，和他们一起在床上，好像她也是这种亲密关系中的一员，好像她也属于他们。她在场，她真的在场。

*

九月初的一天，宗教课的老师请了假，于是我们就提前放学了。我跑去卡洛的教室问她要不要我在学校等她下课，但是她让我回家等她。

栅门没锁，于是我就推开它走进了院子。我敲了敲门，没人回应。我又想去按门铃，但是在我爬高之前——爸爸很喜欢的那套带感应灯的门铃安装在栅门上方，藏在藤蔓植物的叶茎后面，以防止有人把它偷走——我突然想到如果爸爸正在睡觉的话，那最好还是别吵醒他。我穿过院子，走到厨房外，从一扇窗子爬了进去。屋内很安静，洗碗池里堆满了早餐时用过的碗碟。我向自己的房间走去，刚走上了几级楼梯就听到有笑声传来，从声音判断是爸爸和拉盖尔在笑。出于某种原因我停下了脚步，我试着想听她们在说些什么，但是根本听不清楚。我继续向楼上走去，但却下意识地放轻了脚步，想保持房屋里的安静。我就这样轻轻地向爸爸妈妈的房间走去，连书包也没放下，踮着脚，屏住呼吸。我也不知道自己为什么要这么做，后来我又问过自己很多次同样的问题。爸爸总是对别人很不信任，他更相信异能或是心理感应那些东西。我不知道我当时的举动是不是来源于此，但是我知道当时家里过度的安静和他们两人说话的音调使得我心生警觉，促使我小心翼翼地朝前走去，不能让他们听到我，不能让他们知道我的存在，就好像我是一个闯入者。房门虚掩着，我又稍微把它推开了一点点，轻轻地，和我的脚步以及那间谍式的呼吸一样轻，门口有一面镜子，那一点点门缝的空隙已经足够允许我在镜子里看到爸爸和拉盖尔了。就和家里其他的物品一样，那面镜子也像是一件圣物，是这个房间、爸妈的婚姻和我的家庭的象征，这个家就是在他们不断添置大大小小物件的过程中逐渐被建立起来的。那是面方形全身镜，我喜欢在这面镜子前欣赏自己穿着妈妈衣服的样子。而现在镜子里只有半光着身子躺在床上的他们。他们似乎只是在休息，在熬时间，在闲聊，就好像现在只是个再普通不过的周日早晨。他们的姿势说明他们并不紧张，似乎他们并没有在做什么见不得人的事情。他们没有拥抱，也没有要抓紧时间和对方温存的急迫感，他们并不觉得这有可能是他们的最后一次幽会。他们笑着，时不时接一个吻。爸爸没刮胡子，拉盖尔也把妆卸掉了。我并没有跑开，而是观察着他们。我在那里待了两三分钟，像是入了迷，又像是瞎掉了，好像爸爸和太阳身上所有的光芒、那使万物可见甚至是让我能看清自己面容的光亮此时此刻却使得我头晕目眩了起来。瞎掉了，我的视线在光芒中模糊了起来，两三分钟，好几分钟，似乎什么都看不到了。

我关上门，就像来时一样轻轻地离开了。不是因为我被惊呆了，我只是不想打扰爸爸。这是一个习惯，早晨不能打扰爸爸是这个家里最强力的一条铁律。

我回到了学校，求卡洛带我到她的外公外婆家里去。

爸爸有一次对我说过房子分两种：有的房子是属于自己的，有的房子是租别人的。"一眼就能看出来，"他边说着，边指着一栋墙上挂着色彩脱落的画、四周围着栅栏的房子做例子，"房子如果不是你的，就没必要好好打理。"他又说那家人也不收拾花园，也没有高质量的浇水管，更没装那种在黑暗中闪着光亮的门铃，我们有的东西他们都没有。"能看出来，能看出来。"爸爸坚持说道。按照爸爸的标准，卡洛外公外婆的房子就属于"租来的"那种。坑坑洼洼的水泥墙面、掉色了的画、大长椅子、破地毯，还有数不尽的花盆，盆里的土都已经干裂了，这些都在证明爸爸说的话是有道理的。不过这栋位于街角的房子也并非完全符合爸爸的理论，因为租来的房子的院子总是空荡荡的，但是卡洛外公外婆家的院子里却堆满了东西：生锈的取暖器、印有泳装女郎的挂历、白色的厨具、煤气罐、手工制作的木头桌椅，看上去这些桌椅都是特意为这个院子而制作出来的，不过也有可能是从屋子里挪出来的。我并不觉得这些东西有什么特别的。我提到它们的主要原因是我觉得那些东西现在肯定都不再在那里了，一切都变了。我只能通过那天的回忆来回到那个院子里去，回到和卡洛的外婆以及两条狗在一起的时光里，她的外婆看着我们在院子里待了一整个下午，我们在葡萄架的阴影下，陪伴着她。

第二天在学校里我没有去找卡洛。我不是刻意那么做的。前一天晚上我做了和《圣斗士星矢》有关的噩梦，课间休息的时候就趴在课桌上睡着了。我也不是故意在穿过小街小巷往家里走的时候不跟她说话的，更不是故意不吃拉盖尔做的煎牛排的。我只是感到有些疲惫，有些困，什么都不想做。

在接下来的三天里我都是这样一种状态。筋疲力尽，剧烈的头痛，每次和爸爸的目光相接触或是看到拉盖尔端着爸爸刮胡子用的热水从我面前走过我都会有种想哭的感觉。我讨厌他们亲密的样子，连吃饭的时候都在说说笑笑。那种新鲜而又恬不知耻的甜蜜感围绕在他们周围，就像早晨熟睡时的爸爸那样把我排斥在外。把我和妈妈排斥在外。他们每次靠近我都会使我觉得恶心，每次看到他们挨在一起也是这种感觉。我唯一一次看到爸爸妈妈用舌头接吻还是在一次放假的时候，那是在两年前。我记得很清楚，因为就在同一天我知道了小孩子到底是怎么来的。是沙滩上一个戴着牙套的朋友告诉我的。我们坐在沙滩上，她的牙套上堆积的口水在太阳的照射下闪闪发亮。她趴在我耳朵边说男人会把阴茎插到女人的阴道里，我感到她搭在我耳朵边的手热热的，我立刻转过身去望向位于距离我身后几米远的太阳伞下的爸爸妈妈。爸爸正试图亲吻妈妈，但是姿势一定很不舒服，因为妈妈有些抗拒。他们发现我在看他们，有些不好意思地笑了。那会儿我就没觉得恶心，只是感觉有点奇怪。他们咧着嘴巴大笑、舌头半露在外面的样子有点傻傻的。

我恨拉盖尔，但是我努力让自己在看着她时不流露出怒意，我不能做一个不尊重大人的不听话的小孩。更令我恨她的是她替我保守住了画册的秘密，所以我欠了她一份人情，秘密把我们捆绑在了一起。不过也有可能她已经背叛我了：在某一个早晨，舒服地躺在床上，把我所有孩子气的想法都告诉了爸爸。

我恨她，因为她欺骗了我妈妈，就像我一样。

有一天下午，我把自己锁在房间里，卡洛来邀请我陪她看电视。就和以往一样，她调到了十一频道，但是我从她手里把遥控器夺了过来，换了台。电视上演着《吸血鬼猎人巴菲》。我对她说动画片是给男生看的，我看着她的样子就像是在看着一个叛徒。

周二休息的时候，爸爸提议我们一起出去走走。他站在房间门口坚持说“只有我们两个人”。但是我摇头拒绝了，他命令我走到他那儿去。他把手放到了我的肩膀上。

“妮科尔，你怎么了?”他说道，试图表现出想了解我的模样。

“我没事。”我移开了目光，回答道。

“你为什么总是怒气冲冲的?给我说说。什么事都可以告诉我。”

我依旧没看他，也没有回答他。他也沉默了一阵子。

“你是在嫉妒卡洛琳娜吗?是不是因为最近都是我们三个一起玩，所以你嫉妒她了?”

我摇了摇头，眼睛里充满怒意。

“你得学会分享，妮科尔。”他继续用那种饱含理解力的腔调说着。他弯着腰，抚摸着我的后背：“她跟你不一样，她没有爸爸。”

“她有爸爸！她爸爸是开吊车的！”

“对，她有爸爸，但她和你不一样。你明白吗？”

我点了点头。

“我没嫉妒她。”我的话可能说动了他，因为我看见他对我笑了。

我看着他的眼睛，就在那时我想起了自己唯一一次看到他哭泣的场景。那时候我们有好几个星期都没跟彼此说话了，我不记得事情的起因是什么了，但是我们吵了一架，然后他就不理我了，他习惯用这样的方式来惩罚我。只不过那一次我也用了相同的策略，我也表现得很生气，同样不找他说话。那是我第一次态度如此强硬，我那样的态度持续了好几天。在某个下午，爸爸走进我的房间，跪在我面前，抓着我的手，请求我原谅他。然后他就抱着我开始哭了起来。我当时呆住了，压根不知道该做些什么。他就像个孩子那样哭着，不住地求我原谅他，求我不要不理他。我很遗憾自己此时会想起那一幕，不过这也使我冷静了下来。

我把手搭在他的脖子上，开始打起了哆嗦。我感觉自己晕晕的。

“你不舒服吗，妮科尔？”他问道。

我扑到了他的身上，在他的嘴上吻了一下。

他抓着我的肩膀把我移开了一些，对于我那不寻常的举动感到有点惊讶。

"你生病了？是不是呀？"我感到嗓子眼里痒痒的，身上阵阵地发冷。爸爸一那样说，我就开始生病了，我知道我是可以平静下来的，但是我也很清楚疾病对我而言是一处避风港：只要一生病就可以不去学校，在家里睡好几天，爸爸妈妈还会关怀照顾我，还能吃果酱、饼干，喝橙子味汽水。是的，那就是我该做的事情，投降，向疾病投降。

爸爸离得更远了一些。他摸着我的腋下，看我有没有出汗，还碰了碰我的额头，我闻到了他手指上残留的薄荷香烟的味道。

"你好像有点发烧，我得去告诉拉盖尔。"

他离开了房间，只留下卡洛陪着我。在刚才那段时间里我一直没留意到卡洛还在屋子里。我并不像排斥拉盖尔一样排斥她，我只是在担心其他一些事情。卡洛不安地走近了过来，她提议我们去玩滑楼梯扶手的游戏。我同意了，不过我只是看着她张开双腿从栏杆上滑了下去，然后就说自己不想玩了。卡洛问我为什么，我用冰冷的目光盯着她，说：

"因为这动作很恶心，姑娘们不应该玩这种游戏。"

"那你想玩什么呢？"她依然请求我陪她玩别的游戏。

"玩芭比娃娃吧。"

我们走上楼，回到我的房间，一起坐在床后方的地毯上。我用书本和小盒子给芭比搭了座房子，又把一条毛巾折了四折，权当是一张双人床。我怒气冲冲又略显无聊地给卡洛下着命令，就好像她的贡献对我而言十分微不足道，又好像是在提醒她在这场游戏里我才是掌控着支配权的那个人。我拿起我的芭比娃娃和大人们送给我的另一个小玩偶：玩偶头上戴着前后翘起的牛仔帽，塑料眼睛外凸着，嘴巴上面还有一撮小胡子。我没有别的人偶，只能把这墨西哥玩偶当作游戏中的男性角色。卡洛从离我有一点距离的地方看着我，对我的态度有些害怕。我把芭比身上的衣服揪了下来，把她放到了毛巾做成的床上，然后把另一个人偶放在了她的上面。我开始让两个玩具互相摩擦着，嘴里还模仿着我认为男人和女人做那种事的时候会发出的声音。其实我经常这样玩，只不过从来没在卡洛面前玩过。

“你来操作这个男人。”我命令道。

“我不想玩，这样玩我觉得恶心。”

我一脸嘲讽地笑了。

“你这样想是因为你什么都不懂。”

“你为什么要这么对我？我把你怎么了？”

我盯着她看了一会儿。我手里依然拿着芭比和另一个玩偶。

“没什么，你什么都没做，你只是很无趣罢了。和你一起玩我觉得很无聊。”我这样回答道。我知道自己说的是事实，从很久之前她就开始让我觉得无聊了。不过我还觉察到了其他一些东西。卡洛的眼里含着泪水，直勾勾地看着我，这让我更来劲儿了。我从心底里生出了一股力量。我曾经多么想引起她的注意、得到她的认可啊，可是现在那些我都不需要了。我不再需要卡洛琳娜了，而且还有某些东西在鼓动着我去伤害她。

“我无趣，我现在让你觉得无趣了吗？”卡洛用颤抖的声音问道，“是因为我现在是你家用人的女儿了，是吗？是因为这个吗？”

我看着我的朋友那痛苦的表情，脸上露出了残忍的笑容。

不，卡洛不应该被这样折磨。我们两个都不应该被这样折磨。

“对，就是因为这个，”我固执地说道，“因为你是个用人的女儿，因为你很穷，因为你没有爸爸！”

卡洛琳娜从房间里跑了出去，而我依旧把芭比娃娃抓在手里，我感觉自己是个胜利者，但同时也陷入到了可怕的羞愧之中。我翻出了贴满旅行图片的画册，把它撕成了碎片，全都扔到了地上。其他事情我就不记得了，因为在那之后我就真的病了。

痊愈的过程不像我设想的那样。我做了更多的噩梦。我看见了燃烧中的庞贝，看到那里的人们在喊叫声中变成了一尊尊塑像，那些梦和我在生病的想法混杂在了一起。我因为发烧而说起了胡话，我觉得自己肯定是得了脑膜炎，我可能就要死了。我在梦中咒骂着卡洛，因为她在梦里打了我。在我清醒的几分钟里我看到拉盖尔在喂我吃药、给我量体温、抚摸着我的额头，而我唯一的想法就是我得了脑膜炎、我要死了，而这全都是卡洛的错。

我醒来的时候，家里一片沉寂。我站了起来，从屋里的窗户向外望去，我看到电子表显示的时间是十二点四十五分。我有些茫然，就像是刚刚从长时间的昏迷中苏醒过来一样，我静静地朝爸爸妈妈的卧室走去，走走歇歇。门关着，我把耳朵贴到门上，听着从门的另一侧传来的奇怪的声音。我有些恐惧地盯着那扇门，但是这一次我对自己说要勇敢些，要进去。你早晚都要直面那些必须要面对的事情。于是我猛地打开门，然后就看到了卡洛。她坐在镜子前，手里拿着一支口红，那支口红要么是拉盖尔的，要么就是我妈妈的，她用它把自己的脸全涂成了红色。我看到她在镜中的脸，皮肤的颜色就像红肉一般，好像她整个人都正在燃烧着，我大叫了起来。我惊恐地大叫着，而卡洛也喊叫了起来。我们通过镜子看着彼此，一起吼着，用最大的力气喊叫着求助。

*

她又开始在夜间上街闲逛了。她又来到了努尼奥阿的街头。街道昏暗，因为街边大树那茂密的枝叶遮挡住了路灯的光芒。街上很安静，旧公寓楼房的墙壁很厚，电视、音乐或是吵架的声音几乎都被它们阻挡住了。老人们在那个时间已经睡下了，而年轻人则可能正在家里准备着夜宵。

她坚定地走着，好像已经想好了目的地、有了目标了。她就像是在遛狗，尽管她没有狗，也不需要狗。她坚定地迈着步子，嘴里啃着一根长条谷物面包。她从一栋建筑物的一侧走过，停下脚步从一个黑色小孔朝内望去。她看到了一个又大又深的坑，坑里架着一些木板和铁网。坑的旁边有一张长桌子，上面铺着黑色塑料布，她很肯定布的下面一定是工人们的工具或是吃喝用的碗和杯子，她还注意到桌子的一头是六边形的，这使它看上去就像是口棺材。那就是她看到的场景：一口棺材和一个深坑。当然还有一些大石头和许多土。她问自己这么多土是做什么用的，然后看到了一台老式挖土机的轮子在地面上留下的痕迹：水平的波浪纹深深地刻在地上。她想象着那是恐龙留下的脚印，是霸王龙潮湿的足印。这个场景很适合拍照，她心里想道。白天也是一样，工人们在这里劳动着，那将是一个绝佳的画面。也许可以用老式胶片拍摄，但她肯定效果绝对会很好。两座旧房子已经被推倒了，好腾出地方来挖深坑，很快挖出来的坑也会消失，然后这里就会出现一栋二十四层的高楼，可就连那栋高楼也不可能永远存在下去。对，应该给这里拍张照，那会是张很好的相片。她又盯着里面看了几分钟，想出了好几个取景的角度和空间。她不得不承认她从小就梦想着能为国家地理频道工作，走遍整个世界，调整好灯光，拍下完美的照片。

她坐在一张长椅上。她想看看路过的人，但是压根就没人出现。

有时候这样就够了。在天色变暗、街上空荡又安静的时候，坐在一张长椅上，观察着四周。她曾经就这样坐着什么也不做，连续等候好几个小时，一直等到天开始变黑，周围的光线开始变暗。手里拿着根面包，静静地，呆呆地，就像是跑到剧院看戏的那些人，安静地观察着灯光的变化。没有任何动作，只是等待着这个世界从光明变为黑暗。

有时候她觉得那样就足够了，不过也有时候她不得不承认自己这么做只不过是不想躺在床上凝视着白色的天花板，平滑，无感，空洞，一个大大的“不”。

她又想起了那对情人。

她想：好吧，刚好“法国姑娘”也快旅游回来了。

她想起了自己跟那位女邻居的最后一次谈话。

“我不知道该跟你说些什么。”

女邻居向她道过谢后，她这样回答道。那是她当时唯一想到的一句话，也可能是最好的回答方式了：什么也不说。不是因为他们之间的那种关系对她不重要，实际上她总是会忍不住想起他们。但是她当时觉得任何客套话都是多余的。

他们不欠她什么。

她本想对她说些什么的。她眨着眼睛，想说：“如果你们愿意的话，你们可以来吃饭，咱们三个，或者咱们俩，如果你愿意的话。”她没敢说出口。她的感觉并不强烈，而且她确信女邻居会拒绝的。但她还是在脑海中想象着最合适的表达方式，要听上去正式一些、真诚一些：“我们可以找一天一起吃饭。”“咱们三个挑个下午一起吃点心，怎么样？”

她什么也没说，只是站着，微微低着头，就像女邻居一样，她在等着对方向她告别，等着最后那一刻的来临。

“你总是穿那身暗色长衫吗？”女邻居问道，“我也想这样穿，我觉得胡安·卡洛斯会喜欢的。”她拘谨地笑了，补充了一句。

丹尼丝吞了口唾沫，把头扭到了另一边。她的眼睛湿润了，她张开嘴，努力控制着自己的情绪。她在窗户玻璃上看到了两人的身影。整个公寓都模糊了，似乎漂浮到另一侧去了，女邻居走了过来，抱住了她。她的手依然低垂着。她不能把头转回去，只是闭上了眼睛。

“不是你的问题，”女邻居说道，“我只不过是得找另一个地方，这不是你的问题……就是这样。”

她点了点头。

胡安·卡洛斯在走廊里喊着："你收拾好没？"

她又走了起来，从文化宫的后院外走过。一个裸体男人的雕像倒在地上，从中间断开了。雕像是白色的，属于文艺复兴的风格。她是在不久之前知道这事的。事实上她也不知道时间是不是真的只是过去不久，因为她也不记得自己最后一次看到这尊雕像是在什么时候了。它曾经吸引着她，虽然她只是很欣赏雕像的腿部。一个坠落在地的男人，她停下了脚步，想要更清楚地看看他，她感到有些害怕。

她心想：我不了解他们，他们也不了解我。这是我唯一清楚的事情。我不了解他们，但是我理解他们之间许多的事情。

"卡洛琳娜？"男人喊着，"咱们到底走不走？"

卡洛琳娜，最后她还是听到了她的名字，他终于叫她的名字了。

她自问：我想念他们吗？

又自答：我失去他们了。

在离开之前，女邻居藏在镜片后的双眼中闪烁着某种光芒。为什么呢？是什么在发出光亮呢？是希望，还是失望？还是说二者皆有呢？

我该怎么继续走下去呢？她又自问道。是带着希望还是绝望呢?

幸运如我，温迪嬷嬷曾这样说过。她很幸运，因为上帝允许她独自生活，他允许她饮用足够的咖啡，来保持对他这个造物主的专注。她很幸运，没人要求她去做别人的朋友、妻子、母亲。我很怕世人在我的生命中显得如此微不足道。

她很不确定自己是否能说出同样的话来。她一直都是个相当独立的人，这没错，可是她心中的激情却从未真正消失过。几个月前，她的妈妈开始做起了康宝莱产品的推销工作。每次妈妈给她打电话时，都会尝试劝慰她说她们是能够改变自己命运的。“就从多喝水开始吧。至少你得多喝点水!”她恳求道。对于她而言，这个世界上没有什么问题是两升水解决不了的。可能她说的也有道理，大概需要某个人去把这种想法告诉伊斯兰国的那些武装分子。

她从来没有恋爱过，总是孤身一人，她觉得自己很孤僻，也觉得自己是被欺骗了，似乎自己不属于任何一个地方，她从来就没有成功过……这个世界上存在着许多更糟糕的事情，有人在遭受真正的苦难，有人在火灾或洪水过后失去了自己的家园，但这些并不能带给她安慰，完全不能，这和自私无关。她没觉得自己会疯掉，至少在每天深夜降临之前都不会疯掉，但她不得不承认自己如今的生活状态算不上好。她不会任由自己被悲伤摧毁，她总是很有主见。这都是她自己做出的决定，也就是说这些失败都是她自找的，但没人能根据失败的结果来指责别人没有付出过努力或牺牲。她的孤僻和消极导致了她的失败。能承认这一点已经证明了她的进步，不是吗?妈妈愿意承认这是她的进步吗?她会接受这一点吗?

她在路上曾经又开始思考为国家地理频道摄影的事了，不过此时此刻她却只想着要找到回家的路，然后躺在床上睡上一觉。

幸运如我，她心里这样想着。

在回公寓的路上，她又一次在人行道遇见了那个穆斯林家庭。就和前一次一样，男人走在前面，两个女人走在后面，手里拎着超市的袋子。丹尼丝盯着她们，这才发现上一次自己压根就没好好这样做过。那位母亲，那个她感觉应该是母亲的女人，还很年轻，要比她的丈夫年轻得多，可能和她年纪相仿吧。她很喜欢她裹在头上的头巾，玫红色，绣有白色印花。她在走去，而他们在走来。当他们擦身而过的时候，丹尼丝对那位母亲笑了一下。不是那种虚假的微笑，她并不为她感到遗憾。那位母亲也回了她一个微笑。轻轻的一个微笑，但却承载着满满的坚定。

她打开电脑，躺在了床上。一只狗开始吠叫，另一只跟着叫了起来。她听到了汽车急刹车的声音，听到了轮胎在地面滑动的声音，听到了几个女人的笑声，还听到了一个女孩的喊叫声。水壶烧开的声音就像火车到站时的汽笛声。许多电视机发出细碎嘈杂的声响。她还听到了电灯的响声和电脑运转时发出的声音。她依然躺着，紧盯着天花板，一动也不动。声音持续着，忽近忽远。她听着自己的呼吸声，感觉这呼吸声压过了其他所有的声响，从某种意义上说，这也算得上是一种宁静吧。她无法闭上眼睛。房顶一片惨白。她听见有人在敲门。三声急促的敲门声，敲得飞快。她立刻跳下了床，转过头去，让耳朵对着大门的方向。她等待着，听着。也许又是这栋公寓楼里常有的某个声音吧，这是栋再平常不过的公寓楼了。她听着。也许是她的幻觉，也许只是谁在跟她开玩笑，只是某个人在拍着网球。她听着。也许敲的是别人家的门吧。难道只有她在等待着某人的到来吗？

译后记

第一次听到保丽娜·弗洛雷斯的名字是在2017年的4月，一位出版社的编辑朋友向我提起了这位年轻的智利女作家，说她写了一本据说很精彩的短篇小说集，西文书名叫*Qué vergüenza*，刚巧我要在同月到西班牙去，于是当即表示会把书买来读一读。我在马德里的中央书店很顺利地找到了这本书，它静静地躺在“西班牙语美洲文学”书柜中，封面朝上，十分显眼，红色的书腰上写着保丽娜凭借此书获得的文学奖项以及名作家们和各大媒体的推介语。我将书拿起来翻看了一下，九篇故事，近三百页，对于一位刚出道的作家而言已经算是比较厚实的作品了，更何况书还是由著名的塞伊克斯·巴拉尔出版社出版的。更让我意外的是封面上大大的“第4次印刷”几个字，我翻到版权页：2016年9月第一版，2016年10月第二次印刷，2016年11月第三次印刷，2017年1月第四次印刷，这本书竟然在短短五个月的时间里印刷了四次！“保丽娜·弗洛雷斯。”我心中默念了几遍这位激起了我极大好奇心的作家的名字，付过钱，离开了中央书店。

我是在各种各样的交通工具上把书读完的：马德里的地铁、开往市郊的“小火车”、往返于马德里和维尔瓦之间的火车、回国的飞机……九篇故事有相似之处，例如多以青少年的视角展开描写（保丽娜本人曾对此解释说："青少年时期发生过的某些小事最后会被证明对你的人生影响深远，[……] 而且这中间存在着某种游戏，很多时候成年人会通过青少年的视角来审视自身。"），围绕着书名中的"vergüenza"（关于书名，我在下文还会提到）以及成长作为核心主题展开叙述等，但是细细品来这些故事又各有不同，作者细腻笔触下描绘出的智利社会中下阶层的众生相让人回味无穷：在《奇耻大辱》中，两个女孩本来试图帮助自己的父亲摆脱窘境，却使他陷入了新的"奇耻大辱"之中；《特蕾莎》讲述了一段关乎欲望、诱惑及权力掌控的故事，却在结尾处迎来了出人意料的逾越和反转；在《塔尔卡瓦诺》中，看上去勇敢无畏又肆意妄为的"忍者"少年们终究摆脱不掉悲惨现实的阴影；《忘记弗莱迪》中的女主人公则注定无法忘记生活中的诸多痛苦经历，只能"如同干涸的河底的石头"一样被掏空身心；《娜娜阿姨》在短短十数页纸中讲述了一个关于亲情、成长、离别、死亡的故事；《美利坚精神》像是微缩版的《酒吧长谈》，通过两位前同事的对话揭示出彼此共同经历中的重大秘密；《莱卡》给孩子们纯真的生活蒙上了一层情色的阴影；《最后假期》中，主人公在两种天差地别的人生道路中做出了自己的选择；也许我们每个人都能在篇幅最长的《幸运如我》中看到童年时期的自己，并在成年主人公身上感受到那种似曾相识的孤独感，乃至无可奈何地发出"幸运如我"的自嘲和感慨。

孤独、挫败、失落、彷徨、羞愧……保丽娜·弗洛雷斯描绘出了智利中下阶层的悲剧性现实，而且在她的笔下，这种悲剧性似乎是天生的、是不可逆的，生于悲惨世界的人们无论如何挣扎都难以摆脱命运的束缚。不过就像作家本人所言："我的故事会让人感到难过，不过我却认为在这种悲伤难过之中存在着某种美。"

也许是同样在这些故事中感受到了美，我立刻向那位编辑朋友反馈说保丽娜是一位优秀的年轻作家，这本短篇小说集也很值得被引进过来。

再次与这本书结缘是在同年8月，由我与夏婷婷翻译的《饥饿》一书的作者马丁·卡帕罗斯受邀出席上海书展，我也一同参加了马丁在上海的诸多活动。在与九久读书人的几位编辑朋友们吃饭时，有编辑透露说2018年很有可能还会请西班牙语作家来参加上海书展，"一位智利年轻女作家"，"是保丽娜·弗洛雷斯吗?"，该编辑给了肯定的回答。原来，早在2017年上海书展时，受邀来华的智利新锐作家亚历杭德罗·桑布拉就极力推荐过曾在他举办的写作课程中进行过学习的保丽娜·弗洛雷斯，于是保丽娜的引进和受邀就顺理成章了。

连续三年有西班牙语作家受邀参加上海书展，这似乎可以说明目前我国对西班牙语文学作品的热情和期待程度在不断升高。实际上，西语文学从上世纪初开始就被零散地译介到了国内，但是直到上世纪八十年代对西语文学的译介才逐渐系统化起来，加西亚·马尔克斯获得诺奖、云南人民出版社推出《拉丁美洲文学丛书》等事件使得国内兴起了一股"拉美文学热"，不过这股热潮在九十年代我国加入《世界版权公约》后逐渐消退了下来，在笔者本人于本世纪初就读大学本科期间，为了找到一本《百年孤独》的汉译本都要费尽周折。在进入新世纪大约十年之后，西语文学汉译的热潮又再次出现了，不仅像加西亚·马尔克斯、巴尔加斯·略萨这样老一辈作家的作品得到了再版和新译，如上文提到的亚历杭德罗·桑布拉、安德烈斯•纽曼、圣地亚哥·隆卡格里奥罗（现有译本译为龙卡略洛）等中生代作家也纷纷被引进，而像罗贝托·波拉尼奥这样在国际文坛都大火大热的作家则更是在我国拥有了大批读者，西语文学的这种火热程度在十数年前几乎是不可想象的。

2010 年，极富盛名的英国《格兰塔》杂志评选出了 22 位年纪小于三十五岁、极具潜力的西班牙语年轻作家。在当时，这份名单里的作家尚无人被引入我国。八年之后，不仅当年位列名单之内的亚历杭德罗·桑布拉的几乎全部叙事文学作品被译介了过来，如今甚至连其门下弟子的作品都同样被译成了中文，要知道，保丽娜·弗洛雷斯出生于 1988 年，而在不久之前被译介到我国的墨西哥女作家瓦莱里娅·路易塞利也仅比保丽娜年长五岁，出生于八十年代的西语年轻作家们在各自国家崭露头角的同时也在遥远的中国拥有了自己的读者，这在西语文学汉译史上还是首次。

这种同步性使得中国学者和读者能够更好地了解西语文学作品的最新特点，走出拉美文学只有“文学爆炸”“文学爆炸”只有魔幻现实主义的思维误区。以保丽娜·弗洛雷斯为例，她本人就曾坦陈自己并不喜欢“文学爆炸”，她认为“文学爆炸”给许多拉美新生代作家带来了巨大的压力（我不禁想起了“爆炸后一代”“文学爆炸孩子辈”“文学爆炸孙子辈”等诸多对拉美文学的分类称呼）。她说：“比起‘文学爆炸’的作家们，我更喜欢读波拉尼奥的作品，读过波拉尼奥我才真正放松了下来，因为我发现并不是所有拉丁美洲作家都要写魔幻现实主义。我喜欢波拉尼奥，因为他具有强烈的反叛精神。”

虽然参加过亚历杭德罗·桑布拉的写作培训班，但是保丽娜·弗洛雷斯认为自己更多地是从女性作家身上学习的写作技巧，而她本人最推崇的作家则是艾丽丝·门罗。如果说波拉尼奥使得保丽娜·弗洛雷斯在写作风格上“放松了下来”，那么艾丽丝·门罗则让她在文体类型方面卸下了重担：“我周围的人都认为只有创作出长篇小说的人才算得上真正的作家，是门罗让我发现事实并非如此。”

同时，保丽娜还认为专注于描写团体、集体的“文学爆炸”时代已经一去不复返了：“个体才是如今这个新自由主义世纪的核心，我们已经不再属于集体的时代了。二十世纪最伟大的小说大多都是描写整个民族、整个集体的，而我们这个时代是属于个体的，是极为自恋的。”也许考虑到这一点，我们可以更好地理解保丽娜的这本短篇小说集。

既然回到了手头这本书上，那么不妨由我来解释一下本书的书名。正如我在前面提到的，这本书的西语书名为 *Qué vergüenza*，这同时也是书中一则短篇的标题，即《奇耻大辱》。不过在西班牙语中，vergüenza 这个单词含义众多，可以理解为羞辱、羞愧、廉耻、害羞、羞怯、窘急、窘困、耻辱等。实际上，vergüenza 一词的这些含义遍布在整本书中，是贯穿所有九个短篇的关键词汇，因此选择任何一个释义、或者直接套用《奇耻大辱》作为书名都会显得有些美中不足。于是在经过多方商讨之后，大家最终决定选取书中另一则短篇《最后假期》的标题作为全书的书名，因为本书的另一个核心主题是成长，而《最后假期》这则故事的主人公通过自己的选择告别了最后的假期、告别了青少年时代，似乎也是对全部九则故事这一共有线索的总结。书名上的这种变化究竟是好是坏，恐怕只能留待读者们判断了。

全书共有九则故事，其中《奇耻大辱》《特蕾莎》《塔尔卡瓦诺》《忘记弗莱迪》《娜娜阿姨》和《美利坚精神》由裴枫老师翻译，《莱卡》《最后假期》及《幸运如我》由本文笔者翻译。

就在写这篇译后记之前不久，我在微信朋友圈里看到一位朋友发布的状态，大意是说她不明白为什么有那么多人会唠唠叨叨地写后记、译后记，她认为应该把解读文本的权力还给读者。作为胡里奥·科塔萨尔“共谋读者”理论的拥趸，我十分同意这位朋友的观点，不过却也依然还是想写点什么，因为我在上学时所读的汉译西语文学作品基本都是在上世纪八十年代翻译过来的，那时候的译本有个特点，就是几乎每本里都有“译者前言”或是“译后记”，我对西语文学最早的了解可能就是从这些译者的文字中得来的，于是如今自己成为了译者，也便顺理成章地想继续用一点文字和读者们分享一些想法。

在结束此文之前再做一预告，据保丽娜·弗洛雷斯本人透露，她的下一部作品将是一本带有悬疑因素的长篇小说，希望我们能在不久的将来看到该书中译本的面世。又想起了朋友圈中那位朋友的话，不如就此打住，希望还不算“唠叨”。

侯健

2018 年 5 月，常州